DIE SCANNER

消失吧！书本

[德]
罗伯特·桑塔格
著
宋淑明
译

天津出版传媒集团
天津人民出版社

图书在版编目（CIP）数据

消失吧！书本 /（德）罗伯特・桑塔格著；宋淑明译. -- 天津：天津人民出版社，2021.5
ISBN 978-7-201-16364-2

Ⅰ. ①消… Ⅱ. ①罗… ②宋… Ⅲ. ①幻想小说－德国－现代 Ⅳ. ① I516.45

中国版本图书馆 CIP 数据核字（2021）第 026730 号

Originally published as:"Die Scanner"

著作权合同登记号：图字 02-2020-319

消失吧！书本

XIAOSHIBA！ SHUBEN

［德］罗伯特・桑塔格 著　宋淑明 译

出　　版　天津人民出版社
出 版 人　刘　庆
地　　址　天津市和平区西康路 35 号康岳大厦
邮政编码　300051
邮购电话　（022）23332469
电子信箱　reader@tjrmcbs.com

责任编辑　岳　勇
特约编辑　张素梅
封面设计　吴黛君

制版印刷　大厂回族自治县德诚印务有限公司
经　　销　新华书店
开　　本　620 毫米 ×889 毫米　1/16
印　　张　13
字　　数　131 千字
版次印次　2021 年 5 月第 1 版　2021 年 5 月第 1 次印刷
定　　价　59.00 元

导 读

所有的知识属于所有的人?

——一个网络工作者的省思

本书原名直译为“扫描员”(*Die Scanner*),出版于2013年,是一本描写2035年以后纸质读物将消失的未来世界的科幻小说。这种小说,在过去德语小说史上几乎被他国文学所垄断,半个多世纪以来,经由影视媒体的复制、营销,已普遍流行于欧美及德国社会,对于《消失吧!书本》一书的书写动机和题材结构也产生某种程度的影响,而与此书所表达的现阶段科技话语,多少形成传统与现代的共鸣。

本书另取中文译名《消失吧!书本》,反映了这本小说所描写的故事情节,也彰显网络公司对民众的要求与呼吁,同时标志着时下数字化新时代发展的新趋势:一个无纸化的世界,也就是借助超网媒体

（Ultranetz）、智慧视镜（Mobrille），人人皆可获得信息，人人皆可徜徉于浩瀚无垠的网络世界，这无异勾画出人类现时代所处的景象，知识不再是有钱人和高级知识分子的特权，“所有的知识属于所有的人！不论何时！完全免费！”多么令人向往的愿景！为了实现这个愿景，小说构设一个超网巨擘公司，借由其子公司“扫描股份有限公司”派遣扫描人员追踪、收购所有图书，先扫描，然后销毁，以便垄断、管控所有信息。

然而作者薛伯乐（Martin Schäuble，1978－）对于阅读的媒介由传统纸质书变为电子视听媒体的时代变局的看法并不乐观。这本小说的书写动机，部分出于他本人身为作家的危机意识。这位笔名为桑塔格（Robert M. Sonntag）的作家，亲自深入游历以色列、巴勒斯坦，做实地调查，并以此研究成果获得柏林大学政治学博士学位，曾出版中东游记等题材的书籍。然而眼见这些书本知识皆为网络媒体拷贝、垄断，一般年轻人只管悠游在虚无缥缈的网络世界，于是他开始怀疑网络信息的正确性与可靠性，并思考被剥夺智慧财产的作家失业、书店和出版业面临萧条前景等严肃问题。正如小说中一位作家所说：“如果文字都不需要付费的话，我要以什么为生？”“为了写书，我到处旅行、做调查……结果超网上什么都找得到”这话或许正表达了作者本人的心声，而这部情节紧凑的科幻小说，便是他对于现实社会的电子革命的反思。

这类科幻小说的共同特性，在于对未来世界抱持悲观的态度，借着描写缺乏人性与自然的未来世界景象，来提醒、警告世人，现实社会的发展趋向，可能导致令人堪忧的后果。比如《消失吧！书本》中描述的2035年的未来世界里，充斥着科技数据，人与人之间的沟通靠智慧视镜，新鲜的食物非常昂贵，只有在生日这种特别的日子里才能享用。平日的食物都是化学合成品，代肉吃起来像肉，使用散发各种香味的“滋味锭”，使享用者产生联想。由于卫生原因，宠物全被安乐死，动物只能在影片中看到。人们在人造的公园殿堂休闲、活动，在用塑胶做的林荫大道上散步……呈现违背自然与人性的未来环境。

故事情节含有几分侦探小说的色彩，主角罗伯是个二十出头的扫描员，一辈子没读过一本书。有一天他在极速磁道列车上遇见了被通缉的图书同业协会的精神导师亚尼·贝格曼，参观了他的秘密图书馆，最终了解超网集团拥有删除、审查信息的绝对权力，完全控制人们“知”的权利。当他幡然醒悟，决心捍卫受知权，对抗独裁、垄断时，他发现自己已成为超网与领区管理处联手追缉的恐怖分子，于是他决定把他的经验写成书。

这本小说于2013年出版，同年获得最佳青少年七部读本奖和德国斯图加特经贸协会文学奖。德国不少中学将其列为学生的课外读物，鼓励八至十年级（15～17岁）的学生阅读。作者多次接受歌德学院（Göthe-Institut）的邀请，到世界各地做关于他这部作品的演讲。他曾于2017年5月来到东吴大学与德文系师生座谈，笔者当时也在场，目睹了这位作家畅谈小说创作的风采。如今欣见这本小说译作《消失吧！书本》出版，相信必能引起社会，尤其是年轻人的关切、讨论与反思。

郑芳雄

台湾大学外文系教授

献给

凡妮 -2- 凡妮

点击声——

忘了这个声响吧！

2035 年，键盘已经不再敲响。

滋——

这才是未来的声音。

所有的事物都只发出这种声音，

真的，所有的。

尤其是在 2035 年，在七月的时候。

目录

老 人

Die Scanner

消失吧！书本

列车进站，“吱——”车厢的电动门自动滑开。

“你好，我是卢卡斯。抱歉，打扰大家一下。我住进 C 区已经五个月了，非常汗颜，现在我只能靠大家的帮忙度日。谁身上有一点儿零钱可以给我？”他指了指挂在腰间的移动收款机。

“……或者几颗滋味锭，也可以帮我购买几个小时的智慧视镜移动上网传输量……”

他敲一敲戴在头上的智慧视镜，镜框里只有一边还有玻璃。他一敲，视镜便发出“吱”的声音。另外没有玻璃的那一边，他的肉眼从里面直接瞪视着我们。

“随便给我什么，我都很感激。再一次说声‘对不起，打扰大家了’。”

我讨厌这些 C 区人，他们的存在提醒着我生活中各方面的压力。只要一不小心，我们就会从 A 区落入“混乱区”，“混乱区”是我们 A 区人给 C 区取的别号。C 区人同时也让我想起诺莫斯，我的老板。“业绩无，入C区！”这是他的口头禅。我讨厌诺莫斯，我讨厌C区人，我更讨厌极速磁道列车。

磁道列车在磁道上犹如子弹一般，以极快的速度射穿整座城市，起步加速与刹车停住，都不需要过渡，可以在瞬间完成。一站又一站，接连不断的弯道让我的胃液翻腾汹涌，我难受得要死。

20号车厢里，加上我一共坐着三个人。因为胃痉挛，我的手死命掐住椅子的扶手，强忍痛苦。佑幼，我最要好的朋友，坐在我的对面。我的旁边则是一个陌生的老人，正是他，引发了日后的事件。

而此时此刻的我并不知晓，我没有多少机会再乘坐磁道列车了。

我所谓的没有多少机会，指的可不是这周，而是我生命中再没有多少机会了。几天之后，这些都将成为上古人文知识。但是在现在的这几分钟里，在我、佑幼和老人一起坐在车厢里的这几分钟里，我却毫不知情！

我旁边的这个老人对C区人点了点头，C区人微笑着关上他的移动收款机，“吱——”C区人离开了，又剩下我们坐在车厢里，老人仍在。他的头发非常灰、非常长，黑色连帽套头毛衣内，可以看见黄色衬衫的硬领。

我惊讶得下巴几乎合不上，现实中我还从未见过谁有这么多的毛发。我自己是个秃头，佑幼也是。按照常理，每个在车厢里的人都应该是秃头，不论老少，不论男女。这是一个纯粹的、什么都要刮得光溜溜的世界。这个世界是光秃秃的，秃就是美。

我呆呆地瞪着这个老人，管不住自己。他抬起眼睛微微笑了一下，我感觉像做坏事的小孩儿被抓到了一样，尴尬得赶快转头面向窗外。黑色的带状水泥墙快速飞掠过去，每条带状水泥墙后面圈着一个住宅区，每个住宅区里有两百个家庭，每个家庭有一个孩子，前提是领区政府必须批准这对父母请求想要孩子的申请。

不是每个人都有机会能得到孩子的，例如我的邻居。他们的财务审核虽然通过了（两个人都是 A^{+}的成绩），但是他们的基因测试却没有通过（与正常值的偏差超过 1.3%！）。

雨点儿打在我们车厢的窗上，形成细细的水痕流淌下来。

“明天得去停车场找找。”佑幼说。

“那要找到何年何月？我们的业绩怎么办？”我问。

“我们的进度落后，这个星期才找到两件。”

我抿紧嘴唇，缓缓摇头。只有两件真的很糟很糟，远远不够支付账单。一周又一周，我和佑幼能够找到的越来越少。

“你还记得刚开始的时候吗？”我问。

“一直在做扫描的工作，我们连呼吸的时间都没有。”他说。

我和佑幼所属的公司是扫描股份有限公司——超网巨擘集团的一个子公司。我们的老板想让纸张在这个光洁无瑕的世界里消失。所有的知识属于所有的人！不论何时！完全免费！——这是公司的口号，而我们的工作是帮助扫描股份有限公司实现这个梦想。当初是佑幼招募我进公司的，曾几何时，公司的口号也变成了我的梦想。

“图书经纪员的黄金时代已经过去了。”佑幼说。

我不再默数这些灰色的街区，数到 132 时，我就停止了。

“也许我们什么地方做错了？”

“我们已经把所有的读者都找到了啊！”佑幼说，“所有的书籍都被我们买下了，所有被写下的任何乱七八糟的文字，都被我们扫描了。”

佑幼今天很悲观。

“我们换个部门怎么样？”我建议。

“我不想去翻找满是灰尘的地图。”

“笔记本？”

“不要！”

“书信集？”

“不要！”

“想都别想。在你问出口之前我先说，即使是要去寻找装满发霉的纸的文件夹，我也拒绝！”

“也许其他部门的主管比较……”

“比较友善？比诺莫斯好？你继续做梦吧！”

诺莫斯押着我们去参加一个接一个的培训课程，一个接一个的会议。他当面点数现金给我们，让我们去收买读者，然后他给我们抽成。我们赚的钱其实没多少，但是总比什么都没有好。

在我进入扫描股份有限公司之前，找工作这事，弄得我心灰意懒。我的上古人文学系课程开始了几个月后，就必须中断。学费太贵了，我不但无法负担智慧视镜移动课程，更不用说去上大学里的真人实境课了。就算座位选的是最后几排，价格也还是无耻地昂贵。

刚开始的时候，我根本不想接受这样的现实，我只能寻找兼职工作。

但是教授婆婆后来也帮不了我了，“教授婆婆”是我给她取的昵称，她是我最喜爱的教授。教授婆婆通过智慧视镜给我传一些招聘启事，每天都有，如：

速成班：四周通识理论（B 区证照）

C 区养老院寻求热心负责的看护——无经验也可

中断学业之后，幸亏佑幼帮忙，我得到了这个叫作图书经纪员的职位。我替超网巨擘集团工作了很久之后，教授婆婆仍然继续给我传输招聘启事。我的专业是上古人文学，不知道从什么时候起，领区行政部废除了这门学科。

“赞助金额太少，废除绝对必要。”这是领区行政部给出的解释。行政部还说：“废除这门学科是通往未来的一步。”甚至是我，不久之后也理解了废除这门学科的必行性。所有上古人文学的记载，都已经数字化了，谁都能上超网百科查询。不论何时！完全免费！

当我的老板诺莫斯面试我的时候，一听到我的大学专业，他毫不留情地讪笑。

“上古人文？你想拿那个做什么？”

“我对旧事物感兴趣，所以我就好奇……然后想，也许……”

他打断我的话，对我大吼大叫道：“未来才需要研究！真正的好奇是对新事物好奇，不是对旧的。懂不懂？”

我说我懂了，然后得到了这份工作。

领区行政部通知大学，解散上古人文学系，我的教授婆婆从此不知去向。她踪迹全无，一个智慧视镜的信息都没有。我再也没有收到她传来的招聘启事，也再没有收到过她给的建议。她什么消息都没有，让我非常担忧。有一段时间我还在她传到超网的个人资料里寻找她的亲戚朋友，记录上她只有 500 个好友（我：8500），特优等级的好友数目是 0（我：650）。

我给她所有的好友都发了信息，B 区琼妮是唯一一个回信的。她告诉我，教授婆婆在大学里致完告别辞后，就再也没有回家。不知 B 区琼妮是如何得知这件事的，但是她绝对不是住在 B 区。

和佑幼一起在超网巨擘的工作转移了我的注意力。我从开始上小学时就认识佑幼，中学毕业考试时，我们组成合作团队，我替他做上古人文学的试题（重点：2015——经济大崩盘到战争），佑幼则帮我写数学（题目是什么，我根本不知道）。

很简单，我们只是交换智慧视镜，作不作弊反正也没有人在乎。400 个学生坐在大堂里，一个紧挨着一个。学校里最后几年，关于老师这角色，我只在智慧视镜里见过，如果他们曾经出现过的话。佑幼中学毕业后，进了一所超网巨擘集团经营的私立大学，大学期间他应该是玩得太凶，所以毕业后落得只能当个图书经纪员。

我和佑幼在车厢里已经沉默了一阵子，我又开始数住宅区块。我等会儿要让佑幼计算一下，到底有多少人住在这些基地里，但是现在还不到时候。坐在我身边的老人拿出了一本书，他一定是听到了我和佑幼的对话，想要这笔钱。

“这堆纸，先生想卖多少？”我们看到书后不到两秒钟，佑幼马上问他。我们从来不说“书”这个正式名词，而是选择日常口语，说它是“大堆”“砖头”“厚皮”或者“火腿”。

这是我们在总部跟诺莫斯学来的，他在一堂课又一堂课上重复一个句子：“不要忘记我们的梦想！所有的知识属于所有的人！不论何时！完全免费！”

老人没有理会佑幼的问题，只是径自把他的书打开，舒服地往后一靠，读了起来。佑幼没有那么容易放弃：“假设，我出 10 元钱。”

这个金额当然可笑地少，但这是我们屡试不爽的计谋。我和佑幼一开始总是先提供非常少的价钱，让读者自己去为他们的破纸抬价。

“这本书不卖。”

“白纸印了黑字就是无价之宝。”

“这部作品永远不会换主人。”

是时候进入第二阶段了，佑幼从夹克口袋里拿出一沓百元大钞，一共 20 张。这样一沓大钞，任谁看了都会心跳加快。这种数量的现金，这年头哪里都见不到，大家都随身带着移动收款机，而付钱只需按一下手指就行。

2000 元的现金只有我们有，于是我们继续加码："这是买你那几张纸的。如果你除了手上这堆纸，还有别的，一堆纸我们给你 2500。如果你认识别的读者，名字可以提供给我们，一个名字，我们给你 1000。"

好像这些还不够似的，我们又戏剧性地加上一句："这是我们最后的出价了，而且只在 2 分钟之内有效。"

在说这句话的同时，我们马上把秒表从裤子口袋里掏出来。秒表被镶在薄薄的塑胶环带上，投射出闪闪发光的红色数字，映照着整个车厢。"吱"，数字开始往零倒数。2 分钟、1 分 59 秒、1 分 58 秒、1 分……

几乎所有的读者都会在开始倒数的 15 秒钟内就投降，准备卖书了，比较顽固的要花上 1 分钟。有一个人在软化的同时，还在我们面前流下了眼泪。不过，那是半年前的事了。当时我们出价买他的书，让他天人交战，心力交瘁。有些读者根本没想过要卖他们的书，直到我们用 20 张百元大钞将所有的原则粉碎。我们什么都买得到，几乎一切。

10 个人之中会有 1 个是我们无法用金钱诱惑的，这个人要不就是自己很有钱，一辈子都花不完；要不就是一个偏执狂、书痴。这些人里面最糟糕的，是图书收藏家。扫描股份有限公司恨不得吃他们的肉、喝他们的血。在超网巨擘总部受训的时候，我们被教得朗朗上口的公式是：书读得多的等于偏执狂，偏执狂等于收藏家，收藏家等于书很多，书很多等于图书经纪员的钱很多。图书经纪员，如我和佑幼，对最后一句话真的是爱听得不得了。

10 个人中会有 1 个是我们用钱买不到的。对付这种人，超网巨擘集团另有一套策略。如果真的遇到这种人，我们的任务就是尽可能地问出大量的个人信息。他们是哪里人，他们要坐车到哪里去，最好当然是连名字与地址都问出来。

我们接着将这些信息传给诺莫斯。每当这种情况出现时，他都会骂我们是“人资败投”（人力资源失败的投资），因为我们连说服读者将书卖给我们的能力都没有。等到他冷静下来之后，就会汇给我们一笔小小的奖金，数目视我们给的资料有多大用处而定。过程一直都是如此，我们就是“人资败投”。

读者的资料之后会被如何处理，我们不得而知，对后续发展也没有很大的兴趣。弥漫在我和佑幼之间的气氛，其实也不太好，尤其是这几个月以来。我们真的，绝对全然地，再也找不到读者了。

我们坐在极速列车里，从城市边缘某处移动到城市另一端的边缘处，一坐上车就是好几个小时，车上大半的时间，我都在厕所里度过。我们在 A 区的停车场里散步、在咖啡馆里闲晃、见门就按电铃、搜查诊所的候诊室与公家机关的等候大厅、访遍之前从别的读者口中套来的地址。什么都没有！一天又一天，一个读者的踪迹都不见。

因此车厢里的这个老人对我们来说，真的如稀世珍宝。不只对我们个人有意义，对我们的业绩也是。但是这个读者不知怎么的，和别人极不相同，令我一句话都挤不出口。他身上的奇特之处，我指的并不是外表有毛发这一点。佑幼开出 10 元钱这样可笑的价钱之后，老人嘴角也没有动一下。他继续读他的书，根本不理我们。佑幼不管这些，仍然按照既定剧本走。

他把一张一张的大钞在他和老人之间的桌上摊开，老人没有任何反应。这就让我真正惊奇了，以前不管读者有多么固执，眼前若有这么多现金出现，他们还是会目不转睛地看。佑幼即将照本宣科说台词了，但是老人连千分之一秒的时间都没有看桌面，他只好自己加开场白。

“在我们之间的桌子上摊开的，是 2000 元现金。”然后才开始标准台词，“这些是要买你手上那几张破纸的。每一沓破纸我们还会给……”

“你们还会给我 2500 元，我每给你们一个读者的名字，你们再给我 1000 元。”老人百般无趣地将台词接下去讲完。

佑幼瞠目结舌地看着我，我耸耸肩膀不知所措。这满头灰发的老人将书合上，放到钞票上面。

他直视我的眼睛，好像佑幼根本没有坐在车厢里一般，只对我说道：“我可以把书送给你，但是你将它扫描之后，毁灭它之前，必须把它读完。你能保证做到这一点吗？”

我仍然哑口无言，一个读者就这么把书送给我们，这是从来没有过的事。有人要求我读完一本书，这也是从来没有过的事。这个人是谁？为什么他谁都不问，偏偏问我？对我来说，只有一件事是确定的，就是他的钱，我们赚不到。

佑幼从小桌子对面俯过身来，手掩着嘴在我耳边轻声说道：“这个人疯了！我们还是坐到别的车厢去，赶快跟上级报告这件事。不过，离开这里以前，我们还需要问他一些事。”

我没有说话，我既无法摇头，也无法点头，这件事实在是太诡异了。

佑幼还是轻松自如，他坐直身体，把书推到一旁，把钞票收起来，继续做他该做的事。“对有些人来说，这块破砖头是非常值钱的。我们当然遵从您的意愿，对了，我的名字是亚历斯，他是罗伯。”他指指我，“我们是扫描股份有限公司的职员，这你一定已经知道，我们要将所有时代的知识让所有的人免费使用。我们改天能够再拜访您吗？先生，怎么称呼……”我对佑幼询问这位读者名字的破烂技巧，感到很羞愧。

“贝格曼，亚尼 · 贝格曼。”我太惊讶了，老人竟然告诉了我们他的名字。在佑幼继续追问之前，他接着说：“对诺莫斯来说，有这个名字就够了。佑幼，你的同事罗伯对我的要求怎么回应？”

佑幼做起事来简直像智慧视镜，超网巨擘培训课程所有的材料，他都一字不漏地背下来，储存在脑子里某处。不论什么情况，他随时都能从脑子里取出相对应的回答。不论对方提出什么言论，我们在培训时早就背熟一套相应的句型。

有一次，一个读者跟我们争论：“我不明白，为什么超网巨擘每一本书都要买下！这本书你们一定买过几千本了，一定也扫描、建档了。”

我们马上能够回答他："虽然书名一样，也许我们有的，不是这一辑，也不是这一版。而且像您这样睿智的读者，说不定在旁边写了珍贵的评语，在重要的句子下画了线。这些对其他人来说，都可能是非常有用的。您的注解也能够以这样的方式流传百世。每一部印刷品，总体来说，都有自己的个性。"

这些马屁回应总让读者笑逐颜开。没有什么人和事能让我们感到惊奇，我们对所有的事与所有的人都有所准备，只有这个亚尼 · 贝格曼让我们措手不及，这个不但知道诺莫斯的名字，还知道我们真名的人！

佑幼一时想不出要如何回应，刹那间，大家都沉默了。佑幼的大脑虽然运转得比平常慢，但是功能仍然是一流的。他想起了狩猎图书经纪教战守则中，囊括所有技巧总纲十要点中的最后一条：遇见异常的行为时，马上联络小组负责人，并上报！佑幼站起来，在我看来，有点儿太突然。

"非常感谢您这次与我们的谈话，亚尼 · 贝格曼先生。"他想拉我一起离开，于是伸手来扯我夹克的袖子。我像被强力胶粘住了一样，坐在椅子上动弹不得。我还在思考，这个老人为什么对我说这些话？还有，他为什么直勾勾地看着我？佑幼拉不动我，就自己到邻近的车厢去了。

"不好意思，我们的对话得另找时间和地点继续，我现在必须离开了。"亚尼 · 贝格曼对我说。

这时，几千个问题闪过我的脑海："下一站位于 C 区，如果我是您的话，我不会在那里下车。"结果我只说出这句话。

老人微微一笑，把书藏进衣服里。站在车门前他又回过身来：“不久之后再见！”

他说话像打谜语一样，我还来不及问，他又说：“你的脸色看起来很苍白，极速列车让你的身体很受不了吧？”

他用手轻轻抚了抚我的光头，然后拉起衣服的帽子盖住头，消失在窄长的走道里。

“下一站，C 区，第三基地，停靠时间，1 分钟。”一个温软沉缓的男人声音从广播中响起。极速列车高速冲进一个弯道，然后连呼吸的时间都不给人，速度一下子降到零。

我捂住嘴，赶紧沿着走道冲进洗手间，隔壁车厢坐着戴着智慧视镜的佑幼，我猜他正在联络诺莫斯。佑幼透过视镜看到我，竖起大拇指，脸上浮现笑容。我指指肚子，快速闪进洗手间。

我伸手去按马桶的冲水按钮时，列车已经进入 B 区。身体止不住地颤抖，我转向洗手池，打开水龙头。冷水流过我的手、我的脸、我的前额、我的光头。水从光头流进我的脖子，我站直身体，头抵着置物柜，低声咒骂。我睁开眼睛，看见镜子里一个惨白的、疲倦的，但是头上仍然光溜溜的图书经纪员，以及镜面上几个手写的绿色的字。

明天早上，八点，日光咖啡馆，C 区，第二十基地见！

亚尼

通缉赏金

我伸出手指放在大门的按键上，“吱”，门打开，我到家（A区，第八基地）了。

父亲来到门口迎接：“你怎么看起来像被人监禁在极速列车上一整个星期一样。”是啊，更贴切的形容我也想不出来，我想这么回答他。我话还没有说出口，他已经进了客厅里。

我跟在他身后：“我和佑幼今天发生了不可思议的事。”

父亲戴上智慧视镜：“视镜，联络，拉尔司。”夜班马上要开始了，他的同事拉尔司要来接他。我父亲是公司的工程师，他帮磁道列车架设轨道，我的噩梦是他的热情所在。

“什么不可思议的事？”父亲问。

“哦，就是……”

“好！”他说，视镜里出现拉尔司，“嘿，我看到你了，你已经快到门口了，我这就出去等你。”

“那就……拜……”我对着大门说的时候，父亲早已开门出去。

对他来说，工作就是一切。没有工作，就没有A区。而自从迈可的事发生以来，我父亲真的深深感到恐惧。他工作小组的领队突然将迈可开除了，而拉尔司（新员工，22岁）就是这么得到这个职位的。

“限龄替换”，官方的解释是这样的。大家要不就是有养老保险，要不就是自己存了钱。既没有保险，又没有存钱的，只能搬去跟儿女一起住。要是没有小孩，或者更糟——如果儿女不同意照顾父母，下场就是到C区，而且是城市边缘的偏远基地。

迈可既没有保险，也没有儿女，更没有兴趣搬去C区。他最后一个夜班做完后，邀请我父亲去一个印度快餐店。我父亲发了观看直播的邀请给我，我观看了全程。

“我要结束这一切。”迈可说。

浏览人数从232突然升高到680。我把父亲的邀请转发给我的朋友，而他们之中显然有一些还继续转发给了他们的朋友。

“别那么冲动，我们会找到办法的，你要相信自己。”我父亲说。

浏览人数482。

“能找到什么办法？退休的人去看护退休的人？还是在C区的血汗工厂里流血流汗？”

浏览人数54。

“还是有办……”

浏览人数18。

“什么都不会有的，一切都结束了。”

“两个瑜伽茶滋味锭？”服务员来问。

迈可点点头。

“我自己了结自己。”

浏览人数 1048。

服务员送上热水和瑜伽茶滋味锭。

“不要这么快就下结论，我的房贷也还没有缴完，难道我也得自我了结吗？”

“你有工作，我没有！”迈可说。

三个小时后，迈可横卧在第五基地某处的磁道上，打开他的智慧视镜说：“视镜，联络，小组领队。”

小组领队接了，他可以透过智慧视镜连线看到迈可所看到的一切。而这一刻他看见的，是宽大的磁道以及一辆以极速逼近的列车。

“都是你害的！”迈可大喊。

领队没有说话，一定是因为这一切发生得太快了。刺眼的列车信号灯透过视镜朝他冲过来。

我是怎么知道的？所有的人都知道呀！迈可事先将他的智慧视镜连上了家里的视镜基地台。他的前妻有访问权限，她把整段影像全都上传到超网上了。

我的朋友佑幼是第一批看见这段影像的人之一，他订阅了智慧视镜超网最佳影片节目，迈可的视频片段在那个早晨攀升到点击率第一名，而且还集结了视镜贴文几个小时之久。

巴伯48搜遍超网上关于迈可的生平资料，公开了迈可近十五年来上传到超网上的每段智慧视镜影像、每张照片以及联络人名单。“真相是……”巴伯48还在照片下写短文，让人对这些资料更为好奇。

我整晚都在看迈可的这些照片，最早是他还在参加职业培训的时候。那时候他有一个很漂亮的女朋友，但我不满意她那一头乌黑的长发，她要是光头，就十全十美了。这些影像我父亲看都不想看，他不愿意相信，他最要好的朋友竟然会自杀，直到迈可的前妻在智慧视镜上发出参加葬礼的邀请。那是我第一次，也是最后一次看到我父亲落泪。不知道为什么，我深受触动。

迈可和他的抗争行为，我不能理解。我继续做我一贯以来所做的事，当我在情感上觉得不能感同身受的时候，我就在视镜里看电影。而这一次，我看的电影是有关迈可的。感谢巴伯48将这些影音放在网络上：婚礼的照片、邻居拍到的一次夫妻间激烈的口角、罗曼蒂克的和解（是忘了把智慧视镜关掉吗？），以及两年之后离婚的原始影片。迈可的领队在事故当天就被炒了鱿鱼，建设公司还在超网上贴了启事。

“一群伪君子。”父亲愤怒地说，然后他说了有史以来我听他说过的最长的一段话，“继任领队的是一个更糟的人，他一样对每个50岁以上的工作人员吹毛求疵，炒掉他们的理由都是芝麻小事。”

我父亲官方记载的年龄是45岁，他开始在这个公司工作之前，事先将他的资料拿去领区管理处的计算机部门重新整理。由于这是违法的，所以价钱非常高。有一位技术应该比佑幼还要厉害很多的计算机工程师帮父亲整理并刷新简历。据说在 C 区聚集了一群这样的人，他们提供这些非法的服务。

我父亲又回到屋子里，他的同事在房子前面的车道等候。我仍然站着，极速列车上那个奇怪的老人亚尼 · 贝克曼，以及他写在镜子上的信息，在我的脑子里挥之不去。

我父亲看了我一眼："告诉佑幼，他应该把你照顾得更好一些。"

"你忘了什么东西吗？"我问。

"啊，休息时间要吃的食物。"

他匆匆地朝厨房走去。

"换作我就不拿了！"我警告他，"我本来也要进去吃点儿东西的，但是妈妈在里面开会。"

"在厨房里？"

"是一个咖啡聚会。"

"通过智慧视镜？"他问。

"通过智慧视镜。"

"那我躲过相机镜头不就好了。"

他走进去，而她做了在他们极少有的二人时光里总发生的事——吵架。我靠在厨房的门上，看着他们。

"我们可以休息 5 分钟再回来开会吗？好吗？谢谢。好的，我会马上再跟你联络。"她友善的嗓音立即提高到吵架的分贝。

“我在开一个重要的会议！”

“我只需要从滋味锭柜格里拿一下吃的。”

“要是我在你工作的地方，出现在你的智慧视镜前面不停地晃来晃去，你做何感想？”

拉尔司按电铃。

“再给我 1 分钟！”父亲喊道。

“1 分钟内我们两个是吵不完的。”我母亲说。

“你一定要戴着智慧视镜在屋子里到处走动吗？我愿意付出任何代价来换取工作的时候不用戴智慧视镜。”我父亲说。这是他们两个人之间的老话题，在父亲工作的场所，每个工作人员都必须戴着智慧视镜。

“因为你的上司随时可以看见你在做什么，这就是你的问题吧？”我母亲问。

“不是。可是这让我……”

“只有偷懒的人才会害怕戴智慧视镜。”

“……这让我……”

“还有拒绝工作的人！”

“……这让我真的……”

“团队工作需要戴智慧视镜！”

“……有压力，这让我压力很大。你也让我压力很大。”

拉尔司按铃，父亲踏出门，我们撞在一起，他说：“你戴着智慧视镜在偷听，等着上传到超网上，是吧？”

“没有，只有我的好友有看的权限……”

“有多少人正在看？”

我用右边的眼睛看了一眼视镜里左边的小方格：“124。”

“如果其中有一个笨蛋把这些都传到了超网上呢？”

“现在人数到420了。我们可以不要再继续智慧视镜这个话题了吗？”

“费用也不必提，是吗？我已经借给你多少钱了？”

这段话充满暗示，我一点儿都不喜欢。

“智慧视镜，屏蔽好友。”现在只有拥有超级权限的好友才能追踪，这样应该可以了。

“你知道跟朋友真正面对面见一次面要花多少钱吗？”我问父亲，“比较起来，在视镜上见面要便宜多少，你知道吗？”

“我要离开了！”拉尔司在门外大叫。

“而且佑幼也有……”我说。

“佑幼不只是图书经纪员，他还有很多副业，他负担得起这些开销。”

又一个了不起的优点，佑幼真的总是有足够的钱，而且他也不再跟父母住在一起了。他帮邻居修理智慧视镜，安装动画机，在超网上贩卖所有能卖的，对我来说只是一大堆破铜烂铁的“3C”商品。

“不要再说了！”我父亲说，然后在我身后重重地甩上门。

超级权限名单上有 3 个好友马上写下评论。

“笑脸，继续加油！”**路卡 2010**。

A 区克里斯 22 一直是个道德论者，不出所料，他的评论是：“只要你还在家里住着，就得忍耐”。

超网老鼠 9888 邀请我上网玩游戏：“这时候你就该放松一下！”游戏是穿越 A 区的赛车。起跑线上的灯旋即亮起，我将操纵杆向左摆，奋力转一个很险的弯，然后跟 280 件东西一起掉进一个灰色的水泥块里。“修理费 5 元。”视镜说。我关掉游戏，今天真是倒霉的一天。

我把沾满灰尘的衣服放进洗涤器里，在一旁等着空气喷雾“嗤嗤”的声响停止。我回到房间，把夹克随手丢到角落，鞋子甩到另一个角落。这里十平方米是属于我的，而每一平方米都塞满了垃圾，塞满一个 25 岁的人从小到大所集结的垃圾。

我的墙上挂着我的收藏，上古历史电子书。这种东西曾经非常地流行，但是与观看影像相比，毕竟还是太不方便。我的电子书荧幕上有星星闪烁，颜色还会变幻，不知道为什么这让人很安心。这台是佑幼送给我的礼物，原厂包装的。他有一整个货柜放的都是这种从超网上弄到的博物馆产品。

我躺上床，将智慧视镜打开，说：“视镜，联络，佑幼。”3 秒钟之后，一大堆电线还有发光的不知名物体出现在我眼前，佑幼又在组装了。

“有兴趣去坐一趟夜行列车吗？”佑幼心情很好。

我没有理会他的嘲讽，直接切入话题："我一直在想亚尼 · 贝格曼的事。"

"好，我有新的消息要告诉你。"佑幼说。

他停顿一下，吊我胃口。

"那个身体硬朗的老先生，让你头痛的那个人，他可能是一个极端的人。"

我沉默着。

"亚尼 · 贝格曼，根据诺莫斯的消息，他在 SAIV 的名单上。"

我跟佑幼讨论了一些关于电池问题的事情，然后挂断电话。

我们这些负责给扫描股份有限公司扫描的人将自己称为图书经纪员，相对地，安全扫描卫队的成员则是孔武健壮的年轻人。这个部门官方的名称叫作"防止破坏保护信息部门（Sabotagen-Abwehr und Informations-Verteidigung）"，简称 SAIV。这个部门的同事因为要用尽一切可能的办法去对付反对扫描股份有限公司的人，他们追捕、暗中监视、渗透，所以我们叫他们为安全扫描卫队。

超网巨擘集团的反对者使用极端的方式表态，这种情形经常发生。他们打破展售智慧视镜的橱窗，或者寄送恐吓影像给为智慧视镜工作的人员。我因为是图书经纪员，所以被这类分子列为攻击的对象。

三四个月前我收到一则影像信息，完全出于好奇心的驱使，深夜中，我将"未知"寄来的档案打开。然而，这是一个错误，它让我接下来的整夜无法合上眼睛。视镜中出现的第一个画面，是一本书的封面，沾满灰尘。一只布满老人斑的手将书打开，一页接着一页。书翻页的速度太快，里面写的是什么，我认不出来。书翻开到一半，手停顿了，我看见印满两页的自己的照片。看到这张照片，我马上认出来，这是我以前为了注册交友，上传到超网上的照片。

忽然之间，书的边缘和我的照片开始燃烧，我看见自己在燃烧的火焰中，我听见自己充满痛苦的嚎叫声。我想把视镜从头上扯下来的同时，我也明白了这代表什么。整本书以及我自己在一瞬间被烧成灰烬，只剩余尘。一阵风起，这一小堆纸灰随风回旋，扩散到整个空间，而在空间中，立满了空的书架。

我脑海中浮现出了第二基地领区图书馆的画面。我和佑幼那时刚刚进扫描股份有限公司，虽然如此，接到的第一个任务就很艰巨。领区管理处将图书馆里所有的东西都卖给扫描股份有限公司，而超网负责扫描所有的一切。所有的知识属于所有的人！不论何时！完全免费！对我和佑幼这样的新人来说，根本无法想象工作量有多么大。

刚刚提到的这个图书馆，是我们城市中最后一批图书馆中的一个。在我得到这个任务之前，其实根本不知道有图书馆这种东西存在。加上我在内一共 5 个图书经纪员，我们在里面一本书接着一本书地扫描了几个星期之久。一页复一页，一行又一行，一个字处理完了再接着处理下一个字。

工作完毕之后，净空的书架令人心旷神怡。我可以从这个长条形空间的一端，透过空的书架望到另外一端。我们开始工作的时候，空间的另一边挤满了图书馆的工作人员，他们举着抗议海报：

你们扫描掉我们的工作

场面充满戏剧性，结果安全扫描卫队赶来将他们押走。从那以后，安全扫描卫队便把守着所有的通道，连窗户都用黑幕布遮起来。

深夜在视镜里看见这些空书架令我回想起这一切。当我呆呆地瞪着视镜里这被遗弃的图书馆时，我听见一个沙哑的男人的声音：“**扫描书籍，即是熄灭你的过去和未来。**”

我一个字都不明白，影像随即整个变成空白，上面印着大写的 B 和 G，这更让我觉得扑朔迷离。

“影像结束。从头开始？”智慧视镜的声音欢乐得好像我刚刚赢了超网扑克的赌注一样。

“白痴的问题！”我咒骂道，生平第一次把毕生最爱的视镜往脏衣服堆的方向扔。对于他们所反对的科技技术，这些扫描股份有限公司的反对者们掌握得还真是好。

这些在安全扫描卫队黑名单上的人，就是传送这些信息的人。我先是在智慧视镜上收到一个我的脸被烤焦的影像，然后现在又和一个列在黑名单上的人在磁道列车上面对面坐着。而且最精彩的是，这家伙竟然在厕所里的镜子上留言，叫我在什么时候去哪里跟他见面。

我仍然躺在床上，脑袋里的念头却如同千军万马般没有目标地在奔腾，磁道列车、亚尼 · 贝格曼、那一本书、我们的相遇……

我想找人谈谈。但是找谁呢？我父亲不行，况且他在上班。我母亲正在厨房里开她的会议。我闭上眼睛，无法入睡。

直到躺在床上三个小时之后，我终于明白亚尼 · 贝格曼为什么把他的信息写在厕所里的镜子上了。厕所是这个城市里所有的基地和地区唯一一个智慧视镜无法触及的地方。除了人的存在里最最私密的那一块——厕所，超网巨擘集团在所有的地方都设了电缆，用超网相机连线监视。允许在所有的厕所设置可以干扰超网的仪器，这还是领区管理处和超网巨擘协商了几个月之久后，超网巨擘才做出的妥协。

亚尼 · 贝格曼很明显地想要更进一步的隐秘，磁道列车上的工作人员必须佩戴智慧视镜，在走道停留或者坐在车厢里的乘客也随身带着智慧视镜，甚至那个西区的乞丐身上都有视镜。

除了我以外，阳光咖啡的会面绝对不能被其他人得知。为什么？世界上有那么多的人，为什么单单挑上我？他为什么要信任我？我承认，我的确将镜子上的留言用袖子抹去了。我很确定，这个留言是给我的。正因为如此，才令我无比好奇。

我必须告诉佑幼这件事，然后上报诺莫斯。

“视镜，联络，佑幼。”

佑幼的“3C”零碎重新出现在我眼前。

“嘿，罗伯！电池的问题解决好了？你今天是有相思的烦恼吗？”

“哈哈哈！很好笑！我打电话给你是因为那个亚尼 · 贝格曼。”

“诺莫斯说，在磁道列车上很多智慧视镜开着直播模式，上传了很多影像。你知道这代表什么吗？超网上收到的影像有几段还真是很值得一看，我发给你。”

“影像里可以看到什么？”我问。我不想没完没了地看没意义的影片。

“先说结束的部分，真的很搞笑，走道上一个二十多岁的年轻人火烧屁股似地跑进厕所。”

“好笑好笑，几乎没把我笑死。好了，长话短说吧！”

“亚尼 · 贝格曼在好几段影像里都有出现。安全扫描卫队的分析师报告说，影片里的这个人应该就是那个亚尼 · 贝格曼，他们已经追捕他好几年了。”

我实在不明白公司为何要大费周章，亚尼 · 贝格曼是一个极端者又怎么样呢？极端的人可多着呢！

“超网巨擘集团悬赏，”佑幼说，“谁能引导安全扫描卫队找到亚尼 · 贝格曼，就可以得到通缉赏金 50 万。”

我惊讶地不能呼吸。

“如果我们拿到他的地址，就可以到公园殿堂去度好几年的假。”佑幼笑着说。

我的胃收缩成一团。

问 号

“视镜，导航，阳光咖啡馆。”我说。

“欢迎来到导航系统。”一个甜柔的声音出现。

“很遗憾！您的C区导航系统还没有更新。现在有超值优惠，请问要购买吗？”

我怎么买得起？于是只好在第二十基地逢人就问路，在C区我根本什么都不认识。亚尼 · 贝格曼为什么偏偏要约我在这里见面？

我在辗转难眠的时候，想出来一个计划。我不是很清楚，这个贝格曼是把我当傻瓜耍，还是真的会出现。如果他真的出现，我就马上跟安全扫描卫队报告。我先假装跟他谈话拖住他，等安全扫描卫队赶到，成功逮捕他，一切就结束了！我绝对不会在这之前就先上报诺莫斯，先告诉他的话，他只会对我的情报聊表感谢，然后自己把50万赏金拿走。他就是这样一个寡廉鲜耻的人。而佑幼呢？我宁愿他置身事外。事情结束之后，我当然会适当地给他一部分赏金，因为我们是好朋友。有了这么多钱就可以确保生活质量，支持在A区几年的生活，不至于沦落到 C 区。光是这一点，就值得冒这个险，但是我的内心却止不住地害怕。

我踏进咖啡馆的时候，已经快 8 点了。这家咖啡馆以巧克力闻名，整整五米长的玻璃柜里，除了巧克力没有别的。我傻傻地站在咖啡馆中间，现在是早餐时间，但是所有的桌子都没有坐人。

“请问你是罗伯吗？”

一个老太太服务员朝我走来，右手拿着的一条毛巾几乎拖到地上。我感觉像置身在错乱的智慧视镜电影里。

“你昨天不是在超网上订好了说 8 点来拿？你真准时！”

“哦！”我发出声音。

“请跟我来，这是你预订的东西。三个巧克力蛋糕，一个樱桃口味的，两个焦糖口味的，三个都不含滋味锭！”

我有些错愕，手指牢牢地按在玻璃橱柜上。我呆呆地瞪着账单上相当高的金额，这些钱正从我的账户里划走。这类坐落在 C 区的店颇有名声，像诺莫斯这种有钱人就会差遣购物员去这些店买东西。

很多公司喜欢在 C 区开店，因为在这里，开出的工资再低，也有人来卖命，比如说，整晚烘焙蛋糕的工作。我就这样愣愣的，招呼也没有打一声，就离开了那个咖啡馆。

在我提着三个巧克力蛋糕站在橱窗前，不知道接下来要怎么办的时候，一辆黑色的摩托车分毫不差地在我脚前刹住车。我惊魂未定地瞪着摩托车骑士，他有一头红色的鬈发，没有戴安全帽。我还来不及开口问他为什么莽撞得几乎快把我撞倒，他就拽下我的智慧视镜骑着车走了。我看着他的背影，不知该作何反应。

“你是罗伯吗？看什么看！拜托，快点儿上车，我停在红线上。”

我转头，看见一位出租车司机从打开的车窗里探出头来。

“我 71 了，没办法下车背您上车，麻烦您自己上来好吗？”

计划赶不上变化，我连思考的时间都没有。如果我想拿到赏金，就必须随机应变。可惜视镜被摘走了，而且从现在起，计划也不灵了。A 区的出租车司机通常并不比其他区的有礼貌，但是比较年轻。A 区的司机跟这个司机比较起来，比较遵守交通规则。电动引擎声音响起，轮胎“吱”的一声，驶向不可知的旅程开始了。

“千奇百怪的案子在这里多得不胜枚举，”出租车司机开口说话，“但是现在这一件真的是第一名。地点：阳光咖啡馆，顾客：手提装满巧克力蛋糕袋子的灵魂出窍的傻瓜。”他短促地朝我看了一眼，“老实说，还真的就是你的样子。我们要在这一区几个未知名的地方绕一绕、转一转，还要随时注意后视镜，看看有没有人跟踪。这趟奥德赛之旅的终点，是让你在宝贝 Q 下车。雇我来接你的朋友，可能离精神崩溃不远了。”

这个所谓的朋友，只能是亚尼 · 贝格曼。我也许还是应该告诉佑幼，我要到 C 区来的事。但是他知道的话，肯定会一直黏着我，我绝对不能冒这个险。

我到 C 区来之前，叫醒了佑幼。

“早安！”我说。

“晚安！晚安！你疯了吗？这么早打电话给我！”

“我今天要帮我母亲处理一些工作，跟顾客讲讲电话什么的。”

她在做股票期货，什么都得通过智慧视镜，她的办公室基本上是在她自己的脑子里。佑幼接受了我的理由，甚至还很高兴。

“那我改跟美莉一组，嘿嘿，她很想我。”

美莉和佑幼在一起有一年了。

“你们要做什么？”我问。

“去公园殿堂散步。”

听起来很罗曼蒂克，实际上可能会是这样：佑幼戴着他的视镜，沿着塑胶做的林荫大道散步，美莉则在几千公里外的另一个城市看着他散步。我嫉妒他们吗？绝对的！他们通过超网认识，配对中心（速配超偶）计算出他们的配对率为 95.2%，基因合格测验以及财务审核成绩都相当好，但是由于他们之间不是很方便的居住距离，被扣掉了 4.8%。

美莉读的是信息工程，正因为如此，她和佑幼特别契合。他们两个还没有真正见过面，但是这对超网恋爱来说，再正常不过了。

“如果我改变路线，你会反对吗？”出租车司机这么一问，把我从思绪里拉扯出来。

“为什么要改？”

“因为跟来了一些粉丝，但是你的朋友不喜欢看到他们。前面有一个老式停车场，里面有很多出入口。”

我脑海中马上出现了那些体格魁梧并身佩重装武器的安全扫描卫队的队员们，也出现了诺莫斯那奸险的模样。我现在正在做的事，会毁掉我的工作。出租车司机将我的沉默当成同意，马上急转弯驶了进去。我们乘坐汽车电梯，快速上升到最顶楼。从最顶楼开下四个楼层，一个弯道接着另一个弯道，没有多久我就觉得自己又像置身在磁道列车里。但是，我们成功地把跟踪的车甩掉了。

“你可以把你的智慧视镜拿下来吗？”我要求出租车司机。

亚尼 · 贝格曼的被迫害妄想症不知为何是有传染性的。也许操控方向盘的那个人的频道设成了公开的，那么我就必须得跟几千个超网使用者分享缉拿赏金。可是我才是那个紧紧跟在亚尼 · 贝格曼脚跟后的人，我所有的一切都拿来下赌注了，其他人呢？什么都没有做！

出租车司机笑了：“这是太阳光视景镜。”

他用手指敲一敲暗色的玻璃：“你的朋友已经跟我说过，他对智慧视镜过敏。在 C 区，很多人都喜欢秘密行事。而我也告诉你的朋友，裸身上阵可要多收 20 块钱。”

我在副驾驶座上对于即将发生的事，粗略勾勒出了一幅蓝图：先会见亚尼 · 贝格曼，之后找出借口（具体是什么借口，还没有想出来）离开一下，借一个智慧视镜（跟谁借？一样还没有想出来），然后通知安全扫描卫队，再回贝格曼身边随便东拉西扯拖延时间，等他被找到，赏金入账，一切结束！

然后再巨细靡遗地在超网上报道整个大冒险，结交新的朋友，我再结交 6500 个朋友就能登上第八基地的前一百名。

我成功地忽视出租车司机，慢慢地，他也就停止了对我说东道西。他在挡风玻璃上投影一部旧喜剧，然后假装成虽然在看电影，但还是很注意交通的样子。我透过身边的暗色玻璃向外望去，在 C 区我唯一熟悉的，是磁道列车的车站，以及列车窗前疾驰而过的，那一大片又一大片的灰色窗户。我和佑幼追猎读者的时候，总是一直坐到 C 区的终点站。然后再从那里，坐车直接回到 A 区的家。

每个在 A 区找不到工作的人，会搬到 B 区。在 B 区无法生活下去的人，仍然会想尽办法留在 B 区，无所不用其极地死赖在 B 区。C 区在整座城市中，被公认是最危险的老人地缘区。危险的当然不是那一区里为数众多的老人，而是在数不清的退休者之家以及老人营周边，聚集的鼠辈宵小。有关他们的犯罪行为，超网新闻每天都有报道。

“C 区洗衣坊入室抢劫，24 人死亡。”

“谋杀退休老人，只为抢夺智慧视镜！”

“城市边缘传染病第三次爆发，病毒疫区隔离。”

“C 区其实是个很自由的空间。”有一次在上古人文课结束之后，我的教授婆婆这样跟我说。

“是吗？我在磁道列车经过那一区的时候，从来没有下过车。”我这样回答她。

“区域管理的警察在C区从来不管事。”

“为什么呢？”我问。

“因为这样对警察有好处，所有的麻烦事都集中在城市里单一的区域，那么别的区就不会有事了。”

我的教授婆婆经常发出这种谬论。

不过我从出租车里往外看的时候，传闻中的罪恶行为以及危险事件，都没有发生。这些所谓的麻烦事，应该都是夜里的行为。犯罪现场没有看到，发皱的脸倒是看到很多。他们拄着拐杖，以支撑他们虚弱的身体。

有些人的智慧视镜非常老旧（第一代产品），功能低到只够帮他们指出回家的路。在C区生活的人，是最可怜的。虽然如此，每个人头上都还是戴着智慧视镜，这让我惊讶不已。直到挡风玻璃上电影的广告播完，我才恍然大悟。在A区如果你跟超网签约五年，就什么都有。动画机含500部电影的套餐，还有电动巴士与磁道列车的年票等，C区的超网广告却截然不同。

“我的第二人生……”一个年纪较大的女人戴着智慧视镜，躺在吊床上，“……在A区。”

一个年轻的女人在出租车的挡风玻璃上出现，她在公园殿堂里慢跑，当她跑到驾驶座旁边的后视镜时，回头对我们灿烂一笑：“我就是你的第二人生。一个月一次，一次一整天，我成为你，替你做你想做的事。在公园殿堂里运动、在餐厅吃不含滋味锭的餐点……都可以，而且所有的活动都在 A 区！让你拥有 20 岁年轻人的精力！”

广告最后，是速度快得惊人的旁白，解释合约的内容与条件。

“他刚刚说什么？”出租车司机问我。

“只要绑一个无敌优惠的智慧视镜合约。”我总结回答他。

“什么叫作无敌优惠？”

出租车司机是真想知道细节，或者只是想烦我，不得而知。但这个广告，他每隔几分钟就得看一次，我猜他只是想找我聊天儿。

“终生每天都要看 120 分钟广告”，我解释道，“但是合约里还包含 150 个特优好友。”

“还可以得到朋友？”

“只有最开始的 150 个……”我解释。

“那他们都是些什么样的朋友？”

“跟你的个性很合的朋友。”

“那他们就这样简单地变成我的朋友了吗？”他问，“真是新世界，不是吗？”

我不再搭理他，转头去看窗外。许多男人留着灰色长发，胡子长到胸前，让我不能不想到亚尼 · 贝格曼。有些女人或者梳着高高的发髻，或者绑着辫子，甚至留一头非洲发绺。

很多老人不是委顿在街边的长凳上，就是拄着拐杖蹒跚地走在窄长的人行道上。一只四轮电子狗拉着一个老妇人向前，有的时候，也会有两人并肩走在一起的景象，但并不常见。

有些人躺在街边的地上，一动都不动，没有人去查看他们是怎么回事，我们当然也不感兴趣。我无法改变什么，这一切早已让人麻木了。

“要不要来点儿 5 块钱 1 克的娜朵儿？”我的出租车司机问我。

C 区特有的，我想。我还没有尝过这玩意儿，佑幼倒是每几天就要来一点儿。“让人非常放松。”佑幼的原始说法是如此。我却一点儿都不想沾。娜朵儿原来是给老人吃的药片，在 C 区老人照养机构的看护人员会分发给社区的住户。

除了这类机构外，药贩子卖的娜朵儿有各种颜色和各式各样的形状，从粉末到药丸。

“我不需要！”我拒绝了出租车司机。

他摇摇头，注意力重新放到挡风玻璃上的喜剧电影。我们继续往城外开，环境越来越脏，越来越穷，越来越灰，越来越不光滑。

几个老人围着一堆用垃圾生起来的火。他们的手臂一起伸向蓝色的火焰，然后搓着双手。

“这是什么 7 月啊！”出租车司机手指窗外说。

我点头。

“夏天再也不是字面上的意义了。”他说，“温度说升就升，说降就降，要是现在开始下雪，我也不会意外。”

我再一次点头。

“这是从上一次战争的时候开始的。在那之后，天气大爷爱哭就哭，爱笑就笑。相信我，我吃过的盐比你吃过的米还多。”

我相信他说的话，这跟父母叙述的最后一次大战是互相吻合的。我重新去看刚刚的营地，密密麻麻的男男女女，围着篝火紧紧地站在一起。目光所及之处都是暗色的涂油防水布帐篷，因为凛冽的风，那些帐篷必须用绳子绑缚在电线杆上。到处都是布满破洞的黑色碎布，火堆周围的老人身上，也裹着这种材质的东西。一个帐篷下露出一点儿干草，我猜是用塑胶纤维做的，他们大概睡在上面吧！

“希望营地 48，我总是再加上 D 区。”出租车司机跟我解释道，“别担心，前面就会好多了。”

好多了，这是相对的概念。地上躺着更多的老人，他们睡在两座垃圾山之间的平地上。有些人正在用指甲扒开袋子，看里面有什么东西。这幅景象从未出现在超网上。

“他们大多数只是因为娜朵儿服用过量，别担心，年轻人。”出租车司机用力拍了拍我的大腿。

“娜朵儿提供饱足感与幸福感”，药厂的广告词是这样说的。另外一个广告说：“娜朵儿是熟龄人的食物。”容光焕发的退休老人出镜的广告不断出现在超网上。一对老年夫妻，男方穿着西装，女方穿着长礼服，两人分别从一个银盘上拿起两颗药丸。二人让浑圆的魔丸在嘴里消失，然后放松地缓缓往后躺倒。太阳升起，他们看上去容光焕发。儿童合唱的美声响起，唱出娜朵儿的主题曲：“娜朵儿好，给你生命之宝。娜朵儿让你不饿，同时给你快乐。娜——朵——儿。”

“娜朵儿的功效真的和广告一模一样。”佑幼老是替娜朵儿的广告辩护。我的怀疑在这街边躺着的老人身上得到证实。

娜朵儿的理想很简单。食物非常昂贵，太昂贵了，甚至我家厨房里的滋味锭柜格也无法满格，我们住的还是A区！新鲜的食物只有在生日这种特别的日子，才能享用。不是特别节庆的话，食物都是化学合成品。代肉吃起来像肉，但是用的是上次冰河时期所猎的动物做的。没有超网百科可以查的话，我常常根本不知道，桌上的食物实际到底是什么。

“娜朵儿可以减轻老年人的生活负担，同时缓解国库的压力。”这是领区管理处发表的声明。不论药丸的成分是什么，反正吃了会饱。根据超网百科可知，这种药丸属于健康食品的一种——主要成分是多种维生素、碳水化合物、矿物质以及其他所有健康生活所需要的物质。

我家饭桌上没有娜朵儿的原因有两个：其一是娜朵儿需要有健康机构的医嘱处方才买得到，而得到处方的条件是60岁以上；其二跟其一其实是鸡生蛋、蛋生鸡的关系，这种药丸明显有强烈的副作用。制药公司称颂的所谓“饱足幸福”，反娜朵儿的人把它改写成“缓滞蠢顿”。我好友名单上的Hobby-Dog-1995有一次回应了我的问题（我担心佑幼嘛！）：“药丸里的成分会释放出幸福的感觉，产生一种神志不清的状态。服用的人在接下来的六到七个小时之间会被麻痹，以为身处棉花之间。这对你的朋友会不会造成不良影响，我也不清楚。”

身为娜朵儿的超级大粉丝应该要知道这些事的，但他们的回答竟也是不清不楚的：“我常常因为服用娜朵儿而头痛，但是头痛在服用娜朵儿之前也曾经发生过。女朋友说，娜朵儿会导致不孕，但是女朋友经常说谎。”

然后是**梦娜2010**（清除我的公园殿堂智慧视镜邀请有23次）：“水是非常重要的，每天一定要喝足三升。从没服用过娜朵儿！”

我将超网上的娜朵儿平台上关于娜朵儿的这些意见全拷贝下来，寄去娜朵儿公司。希望这些意见能够帮到别人。

当我们在C区有几分钟停留时，佑幼就在那儿买他的娜朵儿。药贩子在月台上像票券贩售机一样走来走去。我想象佑幼在家时，如何将药丸丢进嘴里。在我脑海中会出现这样的景象：佑幼躺在拆散的智慧视镜、电子书以及一堆电线之间，就像这里的老人躺在垃圾堆之间。

“这些人会发生什么事？”我问出租车司机。

“他们要不就是自己醒过来，然后遵循视镜给的方向回他们的铺位，要么就一直躺着，直到夜里健康局的人来。”

“健康局的人会怎么样？”

“唉，年轻人，我怎么会载到你这种从A区来的、什么都不知道的、被宠坏的温室花朵！”

他不愿意再继续多说 。

而这个从A区来的、什么都不知道的、被宠坏的温室花朵也闭紧嘴巴，直到电子引擎不再“嗡嗡嗡”地响。我们停在一排灰色的房屋前。

“前面就是宝贝Q，中午休息，但是你的朋友知道。”我的手指按了一下架在我们之间的托座，坐出租车付这么多钱，我还是第一次如此。

我提着三盒巧克力蛋糕，站在宝贝Q宽敞的入口处等候。一条粗重的铁链挂在门上，我看不到任何窗户，但是这也是宝贝Q为什么是宝贝Q的原因。鸡尾酒的价目在荧幕上滚动。

一个动画机从一个小小的窗口伸出来，将酒保的影像投射在入口处。“今天22点开始，五杯滋味锭啤酒只要2元钱！”“嗤嗤嗤”，我脸上感受到凉凉的水滴，闻起来真的像是啤酒。

我让自己再被喷了五次，然后看见在入口上方闪烁着红色的字“只收现金”。这也难怪，把娜朵儿混进饮料里，这可不是奉公守法的行为。至少A区的酒吧就没有一家胆敢光明正大地在大门口做广告。

我看见三个老人肩靠肩地在人行道上假寐，一个无帽骑士“轰”地从我身侧擦过，是那个抢走我智慧视镜的红鬈发！我不自觉地伸手去抚摩我的头，刚刚才剃光的头让我心里很不舒服。

这个亚尼 · 贝格曼人呢？是圈套？还是有埋伏？但是为什么？我想象诺莫斯如何从他的智慧视镜里发觉我被绑架了。“10万现金，不然罗伯会吞下20克娜朵儿，进入人工昏迷。”

诺莫斯会眼睛眨都不眨地就将信息删除，成千上万的求职者等在超网巨擘集团的大门前，不到2分钟，我就会被取代。继我之后的下一个图书经纪员必须像我们所有的人一样，先无偿地做图书经纪实习生，一年没有错误，无可挑剔，才会真正受聘。

有人在我身后用双手重重按住我的肩膀，我愤怒地转身，看到黑色智慧视镜里有一个老男人。

“贝格曼！”我惊叫。

但是我错了，这个在我眼前的老男人绝对比贝格曼老上 10 岁，他的嘴角滴着唾沫。

“修女苏珊娜……”除了这个名字，他说不出其他的什么。

他跪了下去，抱着我的腿，毫无征兆地往旁边倒下。这是给我的隐藏信息吗？我低身去看老人，他的脉搏跳得很慢，虽然慢，但是还是有的。该死的娜朵儿几乎杀了他，我也可能因为惊吓过度跟着死掉。我尽量温柔地拉着老人的上半身，将他挪到旁边，到睡成一堆的三个老人那里。

我看了一眼他的智慧视镜，“电源”两个红字在闪。好险，不然就被直播了。我站直身体，终于，我看见一栋建筑上有“公共厕所盥洗室”的字样，而在建筑物里，我们的会面一定不会被打扰。

上课时间

Die Scanner

消失吧！书本

入口处的老人对着我笑，他坐在一张塑胶桌旁，而桌子位于一个管状空间的门口旁边。一个写着“移动收款机”的银色箱子放在他的面前，箱子上领区管理处的安全徽章发出绿色亮光。

这个人穿着白色上衣、白色长裤，短短的灰色头发上戴了一顶浴帽，发皱的手捧着一本纸张发黄、褪色的袖珍书。我永远不可能虚伪到他这个地步。

我站在他面前，将装着三个巧克力蛋糕的袋子放到桌上。他的脸挂上一个大大的笑容，嘴里缺牙的洞比牙齿还多。

他如果不是已经知道我是谁、我要找谁，就是他把娜朵儿药丸当早午餐吃了。我们沉默地看着彼此，我几乎有点儿动摇了，然后他指了指袋子。

“这是什么？”

“巧克力蛋糕。”

“什么口味的？”

“两个焦糖的，一个樱桃的，不含滋味锭。”

他笑得更大声，点点头。这是他想要听到的答案。

“左边的门，女厕，右边数来第三间。蛋糕留在这里。”他不再多说。

厕所门上感应器前挂着一个牌子，上面写着“故障”。我推开门，然后门在我身后无声地滑动关上了。对坏掉的门来说，它很不错，我想。什么都没有发生，我先来读读浅绿色瓷砖墙上写了些什么东西好了。

娜朵儿，保证保密保险。请到宝贝Q找史蒂文。

熟龄温存？在超网上搜寻C－区－萝拉。

这些广告的旁边，写着黑色的字：

我不是大诗人，我是素人。

海盗

我想再推开门，回去找戴着浴帽的那个笑容满面的人，问他亚尼·贝格曼是怎么回事，身后的马桶却开始震动，更正确的描述是，它在往下沉。很快地，地上出现一个黑洞。我想夺门而出，门却不让我出去。我大声喊叫，向门口那个浴帽男求救。

“罗伯，顺着楼梯走下来！”一个声音从地底下传来。

我认出了声音的主人，弯腰从洞口望进去。地洞的开口直径大约一米，还能看见几级楼梯，于是我走了下去。

我走到第 19 级台阶时，踉跄地跌进一个黑暗的空间，听到头顶上洞口关上的声音，“吱”，然后是完全的黑暗与寂静。

“在你的正前方是一张单人沙发，坐下会舒服一点儿！”

“贝格曼先生，这个灯……”

“我们今天不需要。叫我亚尼，请坐。”

我伸出手臂往前摸索，接触到柔软的布料。我坐下，对于不满此处的黑暗这件事，我还不想松口。

“贝格曼先生，没有灯……”

“这可以让我们好好说话。现在我们所要谈的事，并不需要你看见什么。还有，我再说一次，请叫我亚尼。”

亚尼的声音像丝绒一般顺滑，犹如我现在已经完全陷进去的大沙发。我深吸一口气，想继续争取亮光。事情从开始到现在，没有什么是按照我的计划进行的。我不能继续任人摆布，我离赏金是这么地近，但也是前所未有地远。

亚尼 · 贝格曼就在我面前，其他的都不需要。50 万元几乎已经在我口袋里，但是我怎么联络安全扫描卫队？我必须想办法从这个地窖里出去，找到一个智慧视镜，通知安全扫描卫队，然后开溜。

但是眼前我反正哪儿都不能去，不妨和亚尼聊一聊，赶紧了结吧！

“为什么不让我看见你？”我问。

“你随时可以见我，但是今天有其他人在场。”

我徒劳地在黑暗中张望。

“我们的组织中有几个人对你很感兴趣，只要我们信任你了，你就可以认识他们。图书互助协会行事必须非常隐秘小心。”

组织？图书互助协会？我没有听过这个名字。反镜党（反对智慧视镜党会）我知道，这个组织是有名的，就是反镜党人砸破了智慧视镜贩卖商店的橱窗。甚至抗网基组（抵制、反抗超网巨擘的组织）有时候也能搏到版面。据传闻，这个基地队的核心只是三四个程序员而已。

跟反镜党还有抗网基组相比，这个图书互助协会感觉就像友好的退休老人俱乐部，我实在不需要在这个黑暗的洞穴里自己吓自己。

“你们是谁？除了我和你，还有谁在房间里？为什么……”

我听到亚尼深吸一口气，然后沉默。

“这个问题很庞大、复杂，今天我们不准备回答。”

那就拉倒，谁稀罕呢，我心里想。这段对话之后，我的 50 万就会到手，彼此不会再相见。除非我去领区监狱探访亚尼和他的朋友们，但是我可没有这样计划。

“为什么你要找我见面？”我问。

“你该问的是，你为什么会来？你要冒的风险可是很大的。”

“为什么？啊，嗯，因为那个……”

我没有办法把这个句子说完，我想不出来有什么值得人相信的说辞。我脊背发凉，感觉亚尼其实知道真正的答案是什么。

“你是图书经纪员，”他说，“你寻找读者，你向他们买书，你将买来的书扫描后上交给诺莫斯。图书经纪员以前是做什么的，你知道吗？”

这种问题我很不喜欢，我知道这一点，其他的跟自从踏进阳光咖啡馆之后发生的所有一切一样，我什么都不知道。

“我不知道你问这个要做什么。”黑暗中，我回答说。

不是亚尼的声音回答我，我听见的是一个女士的声音。

“我曾经跟很多作家合作，作家们找我解说他们的作品，我帮他们找到出版社出版。找到出版社可不是一件容易的工作，尤其当……”

是是是，我心里想。她的话真多，似乎话多是这个退休老人图书互助协会的特点。

“……书付印了，作者、出版社和我，我们大家都高兴得不得了。这就是图书经纪员做的事。”

我从会面开始以来，第一次对这个房间里的黑暗感到高兴。毕竟我不想被人看到我坐在沙发上，却对什么事都不清楚的白痴模样。这位老太太原来在教我一段有关图书的历史。等一下，也许这是图书互助协会招募新会员的宣传文本！对啦，我猜一定是这样。他们想在这个房间里给我洗脑，要我相信有关这些作者和出版社的狗屁事。我才不会上当，我，罗伯，堂堂扫描股份有限公司的图书经纪员，真正的图书经纪员，不会买这个账！而且我居然还想起诺莫斯在培训时教过一句适当的回应（标题：高声赞扬书本就是谎言）。

“好，读者见到书很兴奋，他们花大钱买书。但不是每个人都读得到，这是不是有点儿不公平？无论何时！完全免费！即使是没有钱的人！难道只许有钱的人阅读？”我还在找一个结论句，一个有深意的句子：“出版社是经典上古知识！超网是未来！”我倾身向前。

这个句子本来应该是充满自信的，可惜我的声音有点儿薄弱。不过我本来就不像这些图书互助协会的人这么擅长独白，平常也没有长篇大论地说话，我哪里有练习的机会？

我的光头上聚积了汗珠，我伸手抹掉，利用黑暗，在沙发扶手上把湿手指擦干。

我的脑中忽然闪过某次反镜党作乱的画面。反镜党的反对宣言中也包括反娜朵儿。那次反镜党人将一支娜朵儿广告改版，佑幼将影像传到我的智慧视镜里。闪亮的广告影像内容倒是没有改变，只是广告词改成了：娜朵儿倒尽你对人生的胃口。

我瞪着黑暗，手伸到眼前，不见五指。房间里谁都不开口，他们在等我。这些人不只对独白有一套，他们也善于沉默。他们爱沉默多久，就沉默多久吧！对我来说，这场审问结束了。我必须离开，尽快！

我思考着，如何才能够结束这个会面。那位女士又说道：“你知道吗？以前我们图书经纪员是把书创造出来，而你和佑幼现在却在毁灭它们。”

真是够了，我根本不想和他们争辩，我要的是 50 万，我要回家。胡扯什么毁不毁灭的，太过分了！

“你们不需要担心电子革命，质量与成效胜过一切！”我根据声音的方向，猜测女人的位置，然后朝那里喊回去。

另一个声音出现，男人的声音，不是亚尼，他比亚尼年纪还大：“那我的生计怎么办？”

“什么意思？”我问。

“我很高兴有读者何时何地都在读我的书，但是如果文字都不需要付费的话，我要以什么为生？”

哦，原来在这地牢里还有一个作家，又是一个自言自语的人。放马过来吧，我准备好了。

“为了写书，我到处旅行，做调查。”他说。

“你在超网上什么都可以找到！既节省时间，又节省金钱。”我说。

“我所有的作家同事都因此失业了，你知道吗？”

“这样说是指，因为有超网这样功能强大的工具帮助他们写作？”我问，“反正你所说的一切，都不正确！”

“只有超网上有的，才是正确的？”这个男的问我。

我发誓，不管是亚尼 · 贝格曼，或是这个协会里的任何成员，我都不要再跟他们见面了！我得找到灯的开关，赶紧逃离这里。

更何况，哪里来的这些大问题！我和佑幼都是稀里糊涂地就过去了，大多数问题可以用“不是，佑幼”或是“没问题，佑幼”回答，我们从来不搞讨论。谈得越少，麻烦就越少。宝贝 Q 对面的 C 区地窖里，完全就是反其道而行。这里谈论很多，麻烦也更多。

那位写书的先生还不想放过我：“你跟世界上的读者都说过话了，

只要我的书被翻译成其他语言，我就高兴得不得了，但是，翻译啊，真的是一门独门艺术。”

“超网翻译一套由 3 本书组成的大部头作品，只要 2 秒钟！”

“全自动，不需要艺术家，也就是说，不需要人力去做翻译，而且语言上……”

“你们有道德偏见，自说自话。”我气炸了。

“而且语言上，恕我无理，令人无法忍受。”他没有理我，继续说完。

这个老人说话的语调像是经典老电影里的演员，“恕我无理”，今天谁还这样说话?

“如果图书都是免费的，就没有酬劳给翻译者，所以扫描股份有限公司成立后，先是作家破产，然后轮到把作家们的文字转化成另一种语言的人。”

意思是要我同情这些“恐龙”？他们的专长是绝种，这是物竞天择。我把从诺莫斯讲堂学来的句子排列组合，编排好，“扫描股份有限公司所做的，不就是让作者的名字流芳百世?！超网巨擘成就了前所未有的世界文学图书馆。”

“那是坟墓，没有人会去看的坟墓！”写书的“恐龙”说。

这些言论渐渐动摇我，我不再清楚我知道什么，或者我该相信什么才好。

我需要时间消化，我需要一个人静一静，我需要我的床、我的智慧视镜，尤其是智慧视镜。我想要打电话给佑幼，想知道他对这些有什么想法。他会在超网上替我找到说辞吗？他一定能反击亚尼 · 贝格曼这个组织，他能给的反对理由比我多得多，我说的话一定很可笑。

“智慧视镜与超级网络，你能想象没有这些东西的生活吗？”

等一下，这个女人的声音我认得。是从智慧视镜里的电影还是动画机上？嗯，为什么一个电影明星会替这个图书互助协会工作？

“以前大家通过科技的帮助，组织抗议活动，可是不知从何时起，所有的一切都只属于一个企业，而企业的目的应该是赚钱才对！”

一个老太太女演员，毫无疑问。

“领区管理处说关闭企业就解除智慧视镜的网络连线，直到抗议活动结束为止。”

她在电影里演正派还是反派？英雄还是失败者？我认得这个声音，我真的很想问她：“我在哪里见过你？”但是她根本不给我开口的机会。

“没有科技就没有任何机会，我们甚至不知道其他人住在哪里，我们只认识超网上人物的侧写。想想看，没有超网和转移注意力的机器，会有多少人来参加抗议活动？”

亚尼清了清嗓子，终于结束了介绍。

他最后还给我一长串自作聪明的忠告。

“如果我们要约见面，不要利用超网找路。”

“我们不会再见了。”我很轻很轻地说，轻到只有我自己听得见。

“用你的嘴巴问路，问人，问没有戴智慧视镜的人。诺莫斯和安全扫描卫队一直紧追在我们后面。”

他停顿了一下，糟糕，他察觉了吗？他知道通缉赏金的事了吗？

“你通过智慧视镜看到的所有事物，包括你在超网上所有的活动，不管你屏蔽了没有，超网巨擘公司都能够看见。正因为如此，我们在带你来的路上不得已绕了一些路，搞得复杂了一点儿。”

我想着我被抢走的亲爱的视镜，不含滋味锭的贵死人的巧克力蛋糕，我生命中最昂贵的出租车车费，我还在生气地摇头呢，反正黑暗中没有人看到。

亚尼的话渐渐渗透进我的心中。

“你想想看，为什么诺莫斯相信我们会碰面？”我问。

“因为根据诺莫斯所说的，我是危险的。我这样说对吗？”亚尼问。

“至少你在名单里，而且排在前段。”

“我们昨天在磁道列车上见过之后，诺莫斯有找你吗？佑幼上报之后呢？他有请你到总部去报到吗？”

这个到目前为止，我还没有想过。

“诺莫斯要你跟我们碰面，他要你领着他，带他到我们的秘密基地来。他要的不是外围的情报，他要直捣图书互助协会的中心。”

亚尼下一句话真的重重打击到我：“还是你要独吞通缉赏金，所以才来见我？”

我汗湿的衣服黏在沙发上，什么事都没有发生，谁都没说什么，直到亚尼再度打破沉默：“请千万记得，禁止用智慧视镜，不要上超网。好好用一用你脑袋里的回路，至少在我们见面的时候。”

这些我记住了，但我也受不了了，我像中学生一样不耐烦地等着下课铃响。

“你还记得，我们寄给你的影音信息上旁白的声音说了什么吗？”亚尼问。

“不记得。”我说谎。

脑中浮现充满灾难画面的影片结束时，在白底衬托下的字母 B 与 G 原来就是指图书互助协会。亚尼在这地窖大会所有人的面前，再一次重复片尾的句子：“扫描图书，就是熄灭你的过去和未来。”

他停顿了一下，接着说道：“请好好思考，我们会再见的。下一次见面的时候，请告诉我们，你是否决定站在我们这边。今天的会面就到此结束。”

我听到推椅子的声音，听到肯定有一打以上的人在窃窃私语。真的有这么多人在场？左边有门打开，我感到一阵凉风。一只手抚摩我的光头，一定是亚尼。

有人将一个熟悉的物件塞进我的手里：“到家后才可以重新开启智慧视镜！”这是那个女演员，我还是无法将她归类。我听见脚步声，接着听见门被关上的声音。现在人已经全部走了吗？

我头顶上的天花板打开了，光线渗透进来，我看见了台阶。我伸手挡在眼睛前面，脚步沉重，昏昏沉沉地往上爬。

扫 描

“视镜，联络，安全扫描卫队。”

这个句子我无法开口说出来，我不能打给他们，我做不到。不是因为亚尼，不是因为作家，或那位女图书经纪员，而是因为那个老女人的声音。

我前脚一离开宝贝 Q 隔邻的地下室，就想起来我到底可以把她怎么归类。这个女人，在黑洞里跟我说话的女人，把我的智慧视镜塞到我手上的女人，我不是在视镜电影或者动画机里听过她的声音，我是在大学时代认识她的声音的。她是我的教授婆婆，我那位突然间就销声匿迹的教授婆婆。

这让所有的一切变得更加复杂，更加棘手。我不知道她为什么成了这个组织的会员，但是她是无辜的，不应该去坐牢。我还是对这次会面的事保持沉默吧！并为了她永远不要再提起。要放弃 50 万元，这可真的不是件容易的事。

当我下午终于回到家，重新开机时，视镜显示“287 条未接来电”。

252 条来自好友名单上的人（全都是转贴，群组发的），5 条是佑幼打来的，30 条则是智慧视镜服务器的自动发信。哦，我完全忘了这回事，智慧视镜服务器上看广告的合约！

只剩下一个办法了，我必须作弊。

“视镜，联络，智慧视镜服务器。”

“有史以来，动画机里最好的惊悚片叫什么名字？”一个沙哑的声音问我。这说来有几千部，而且这个声音反正只想听到早上播出的广告里提到的名字，我不会有机会答对的。

“继续。”我说。

“位于第十二基地，你可以在里面狂欢三天三夜的夜店？”

“宝贝 Q。”我叫出来，啊，但是它位于 C 区，也许我这次意外地幸运，宝贝 Q 有很多分店。

“真正适合你的生活伴侣，你可以在哪里找到？”

这个问题很烦人，我在个人资料上不应该公开我的感情状态是单身。令我惊异的是，自从那以后，居然有非常多同龄的漂亮女孩，她们跟我有相同的兴趣，想要跟我认识。有时候我会回一些昂贵的征友信，结果总是被转入媒介网站，花掉更多的钱。到这里我就知道，不用继续了。

“速配超偶。”我猜道。

视镜对我发出警告声音，最佳惊悚片的名字是《僵尸 28》，宝贝 Q 根本“不存在于城市里的任何地方”！这一题的正确答案是“山光夜店”。我答对的只有“速配超偶”。

我跟智慧视镜服务器说“对不起”，得到一个警告处分。三个警告之后，广告套餐合约会被取消，所有的智慧视镜网流都要付费。我对视镜发出的电子声音发誓会改善，幸好问题得到了解决。起码目前看来是如此。

佑幼这边就麻烦得多。我默默听他埋怨我有多不可靠，他有多么担心我。

“你怎么可以让人半天找不到你？”

我请他在他最喜欢的餐厅（莫莲娜，西班牙滋味锭餐厅，第三基地）吃了一顿迟到的午餐，他终于平静下来。然后他喝着染了红颜色的水酒，吃着西班牙代餐，做他一向会做的事——夸赞美莉。

“今天她在公园殿堂里告诉我，她还没有谈过恋爱。”

“佑幼，她没有和你一起在公园里，她只是在很远很远的地方，看着你自己在公园里而已。”

我受不了他充满粉红色幻想的叙述，只要我唯一认识的异性还是速配超偶上的广告人物，我就不想听他说这些。我想聊别的，而目前也只有一个话题吸引我。

“你知道以前图书经纪员是做什么的吗？”我问。

“美莉明天要把我介绍给她父母，我们明天晚餐一起用视镜视频。”

“以前图书经纪员负责照顾作者，大概就是帮他们找出版社之类的。”

“是不是很不寻常、很新奇？我要认识她的父母了。你知道的，这些人有多严格。”

“然后出版社把书印出来。”

“虽然我们的财务审核得到 A^{+}的成绩……”

“而且居然真的有译者存在！他们似乎比自动翻译翻译得更好。”

“……还有基因合格测验，离标准值只差 0.3%！”

“抗议活动举行的地方，就在现实的世界里。”

“我的父母已经认识美莉，明天要让他们一起来视频吗？”

“这些人之中有些人已经破产，有些人已经去世了。”

“不管明天的结果如何，我反正无可救药地爱上美莉了。”

我付账。

我们从莫莲娜出来后，直接去了隔壁的公园殿堂。我们给警察看了我们扫描股份有限公司的证件，按手指印开启旋转门。公园都是由超网巨擘集团赞助的，所以我们公司的人能够随时进出，但只限于工作时间。实际上成人一个月只被允许进来一天，儿童则只有半天。

“我宁愿在智慧视镜里看那些绿色植物。”父亲讽刺道。

母亲每晚入睡前，都将公园殿堂的动画机影片直播并投影在卧室里，从动画机里还会传出一缕新鲜的松香风。

虽然进入公园殿堂的规矩很严格，但里面还是人满为患，不论白天还是晚上。无论我们去哪个主题馆办事，从这一头走到那一头，每个馆都要花上整整一个小时。

“我们去阳光下吧，去沙滩，我们大多数读者都是在沙滩上或阳伞下找到的。”佑幼说。

“不要，太热了，我们去森林健走馆吧！”

“我今天才和美莉在那里走了两个小时。”

“美莉不在，她只是看着你走，拜托请你认清现实！”

他没有反应。

“那我们去海景，好吗？”

佑幼点头。

我们乘坐花园输送道去海景主题馆。

入口处闪烁着几个字“今日 18 点到 24 点：钓鳟鱼”。

“终于有点儿热闹可看了。”佑幼高兴起来。

我们沿着岸边散步，期待着遇到读者。正在下沉的太阳看起来跟以前一模一样，只是它是动画机投影。这么大的空间，即使是高端动画机也不会让场景显得比较逼真。我们反正不在乎，只要场馆还没有完全黑暗，有光线就可以看书，我们就有机会找到读者。

“C 区没有公园。”我把脑中所想的大声说出来。

“你怎么知道？”

我没再说什么。佑幼没觉得有异样，他帮我继续说下去。

“C 区的超网有跟没有一样，你想象一下，在那边生活简直就像与世隔绝了。”

“为什么？”我问。

“当然是从超网的角度来看啊！电缆从墙里被拔出来烧熔，金属被偷去当废铁卖，有时候整区的通信设备一个晚上就消失不见了。”

“但是在那里的老人都戴着智慧视镜啊！”我回他。

“即便如此，在有些基地视镜根本没有用，接收或者传出信号只限几百米的距离。”

C 区的生活真是越发不堪。不仅没有公园殿堂，智慧视镜的信号也很微弱，只有娜朵儿不限量，能把人吃到晕倒。

佑幼站到我面前，双臂在胸前交抱。

“你去 C 区了？去跟亚尼 · 贝格曼见面了，是不是？”

我往左跨了一步，从他身边闪过，因为我看到我们寻找和等待了几天之久的读者，坐在海边的一张长椅上。

“这一沓纸你想卖多少？”我问这个穿着灰色西装背心的老人。

他本来在翻一本薄薄的书，听到我的声音，吓得赶忙把书合上。真是好征兆，这表示，他的神经很衰弱。他身边还有钓鱼工具，钓鱼竿插在一个他固定在椅子上的装置里。我挨着他坐了下来。

佑幼在我们面前弯下腰：“假设……我给你一张 10 元的钞票？”

老人不知所措地笑了笑：“这本书是不卖的，它是传家之宝。”

后面这句我马上就相信，前面那句就未必。在亚尼之前，每个人都被我们收买了。

因为佑幼跟诺莫斯接触得更多，所以钱在他身上。我很高兴我不用时时刻刻担心这沓钞票还在不在。我把手伸进佑幼的口袋，拿出20张百元大钞，摊在鱼饵（塑胶做的蠕虫和蝗虫）上。

“这是买你那点儿纸的。”我说，“如果还有类似的纸扎，每扎你可以拿到2500元。你将认识的读者名字提供给我们，每个名字给你1000元。”

我把表从裤袋里掏出来，放在钓具箱子上，说：“计时开始”。表将数字投射在离我们几米远的海面上。

佑幼俯身对垂钓者说：“这是我们最后的出价，2分钟以后就作废。”

有那么片刻，我不太确定我们给的钱是否足够吸引他。毕竟不论如何，这位读者可是负担得起昂贵的钓鱼许可证的，即使鳟鱼是遥控的，而且出馆的时候还要缴回。

15秒钟之后，我的疑虑消除了。这位钓客默默地把钱收进口袋，并把书交给我。

“经由你的帮助，超网的数据库更加充实了，非常感谢。”我说。

“你家里还有其他的书吗？”佑幼问。

“你认识其他的读者吗？想要告诉我们他们的名字吗？”

钓客戴起他的智慧视镜：“视镜，联络名单，马可。”他还没有给我们名字和地址之前，佑幼已经把要给他的1000块拿出来了。

我和佑幼在离岸边不远的主题餐厅独桅帆船，庆祝这项渴望了几天之久的成功战绩。我们在吧台边占到两个空位，天花板上挂着鲨鱼，变换颜色的频率以分钟计。动画机投影出来的画面是紫色的鱼，穿梭在珊瑚礁里自在悠游。我们刚刚赚了300元，每人150元。我的奖金，哎，我知道，我知道，但是聊胜于无。

我们唯一想花钱享受的是没有鱼肉的鱼汤，菜单上面的介绍是如假包换的鲑鱼滋味。我和佑幼想要省钱，我们不知道，读者越来越少的未来，日子应该要怎么过下去。我想着独桅帆船餐厅丰富的捕获物，如果拿到了悬赏的50万元，我就能买得起新鲜的食物。我和佑幼端起汤盘充当杯子碰杯，然后将替代的白面包用热水沾软。

“你到底有没有去C区？见到老废物没？”佑幼满嘴食物地开口问。

“你胡说什么啊？”我的声音大得夸张。

“你今天说了不少有关C区的奇奇怪怪的东西，怎么，我不能问一下吗？”

“那我图书经纪员的事业不就玩儿完了，诺莫斯一定会开除我的。到时候我只能弄到B区幼儿园视镜视频教学的工作，工资连塞牙缝都不够。”

对大学毕业生而言，应该是没有比教书更糟的工作了。我有个女同学必须接两份教职，才勉强付得起A区的房租。

“好了好了，”佑幼说，“不就是担心你嘛！”

佑幼居然为我担心，唉，他要是知道这个早上我是跟谁一起度过的，不知道他会怎么想！而且跟我在一起的人还不止亚尼 · 贝格曼一个，还有一个老图书经纪员、一个年老的调查型作家、我下落不明的教授婆婆，除了他们以外，谁知道还有什么人在那个黑洞里。

当我发现那个钓客读者时，短短的一瞬间，我竟产生了亲近的感觉。他是图书互助协会的一员吗？他们想用这个读者来测试我吗？不会吧？即便如此，我一边舀起清汤一边想，那又怎么样？我可是下定了决心，决定要反对亚尼 · 贝格曼和他的图书互助协会的。就算我不会去告发他们，但这也只是为了保护我的教授婆婆。这样够了吧！

我仍然想不明白，他们找我做什么？还有，他们到底要做什么？如果扫描股份有限公司停止扫描业务，然后呢？如果所有的书不再在超网上免费提供给所有的人，又怎么样？反正也几乎没有人有那个钱，负担得起印刷出来的纸质书。

看看我自己就知道了，智慧视镜账单、动画机分期付款、超网额外支出、混音费用……如果还有闲钱，也才刚好够一份用鱼滋味锭泡开的汤。

总体来说，我觉得所有文字的东西都很无聊。超网让我负责扫描的书，我一个字都没读。如果让我在令人无法呼吸、紧张刺激的动画机投影与黑白的字母拼盘之间做选择，胜负马上见分晓。

“她叫什么名字？”

佑幼的问题让我清楚了两件事：第一，我们在彩色鲨鱼底下的吧台旁沉默几分钟了；第二，我也开始有自言自语和思考的倾向，图书互助协会的毛病真是会传染给人。

“你发什么疯？什么她？”我反驳。

“我是你最好的朋友，我还不知道你？你如果没有跟那个磁道列车上的老废物见面，你这种文绉绉的态度只有一种解释。”

“哪一种解释？”我问。

“你恋爱了！”

把我和恋爱扯在一起？幸好现在没有蹚这趟浑水，但是经佑幼这么一说，倒让我想到一个好主意。即使我可能会越陷越深，但是我还有什么选择？反正水都淹到脖子了。

“别说了！”我必须先引起他的好奇心，将他的注意力转移，远离真正的核心，也就是事实真相。

“我再请你吃一份鱼汤。”佑幼说。

我不想再看到那玩意儿。

“我传给你20个超级好友，把他们全部的资料给你。全部！”

我对这些一点儿也不感兴趣，但是我架子已经端够了。嗯……再玩一下。

“200个！”我要求。

“你很过分啊！好吧，一言为定。”

“你是第一个知道的。”我假装让步。

“恋爱了，我说的没错吧！”佑幼很兴奋。

“嘘！”

“她是做什么的？”佑幼压下嗓音。

“她是做看护的。”

“在哪里？”

我得赶快想出一个地方。

“C区的一个老人社区里。我不能多说了，这件事八字都还没有一撇。”

佑幼高兴得像一个要放长假的孩子：“我就知道，你跑去了C区。至少，你有一个好理由。”

他用力拍着我的肩膀，害得我汤匙弄脱了手，我上衣被溅湿了很大一部分。我现在开始欺骗他了，罪恶感直涌上来。但是我装作若无其事地继续谈笑，用他最喜欢的话题来分散他的注意力：“美莉的父母怎么样了？视镜视频会面准备得如何？你打算怎么做？”

“客厅里到处摆上了电子蜡烛！”佑幼醉心地说。

“吃的呢？你准备了什么？”

“滋味锭外烩会把盘子填满。”

“有录像吗？”

“总共4个，但是公开的视频都锁起来了。”

“你从来没有这样过！”

“美莉和她的父母可以随意将镜头紧靠或者远离，他们喜欢怎么样就怎么样，他们可以从各种角度来认识我。”

我们沿着海边散步，走向主题馆出口。鲨鱼的彩光从独桅帆船餐厅的舷窗透出来，兀自闪耀着。漆黑的水面上，映照着一轮浑圆的明月，看起来比日落光辉真实很多。凉风顺着运河向我们袭来，我们加紧脚步，却几乎被一对情侣绊倒，这两人一定是在岸边盖着毯子就亲热了起来。

磁道列车上，我们找到一节完全空的车厢，我将刚刚钓客的那本薄书拿出来。《老人与海》，海明威的，这本我们已经有几打了，不过，这一点儿关系都没有。“全部扫描！”诺莫斯说，然后我们全部扫描。

“视镜，扫描，开始。”

每一页我都让相机停留 2 秒，从第一页翻到最后一页，然后我简短地记录一下。“视镜，记录，书的第 9 页和第 58 页有画线，其他没有特别之处。”

扫描股份有限公司里，有一个同事会在书的扫描版归档进超网数据库之前，整理我们的记录，这些书需要马上得到处理，根据扫描股份有限公司在图书经纪员基础训练开训时宣示的理由，这些书必须尽可能快速地让超网使用，世界性的图书库才能天天成长。

我们到手的书，一定要在第二天进办公室时亲手交给诺莫斯。原因是什么？不知道。不过我们反正要去办公室，我和佑幼需要新的现金，继续我们猎书的工作。超网巨擘集团像是有聚宝盆，可以不断变出钱来。这是我们图书经纪员之间暗暗流传的笑话——“扫描股份有限公司拿书去做什么？”答案是：“改成伪钞。”

我闷头问了自己很久，公司到底把这些书、纸怎么了？扫描股份有限公司的草创时期，诺莫斯主持的进阶进修班中有答案：“我们企业一开始的时候，将书送给领区公设的学校，那时还是印刷时期，也是在无纸智慧视镜课程被引进之前。”

“现在呢？”有一个人提问，这个人也问了很多问题，结果就是现在住在 C 区。

“点火烧掉。”诺莫斯说。

我和佑幼其实并不记得印刷时代，那是我们童年的时候。我们在学校里学字母的时候，就已经开始使用智慧视镜了。我们戴着视镜口述作文，在视镜上解数学公式题。每一个接受义务教育的学生，入学不久，就需要拥有智慧视镜才能学习。

“领区管理处跟超网巨擘之间的交易就此形成。”诺莫斯在课堂上继续解释。他在解说的时候摩拳擦掌，而我大概能猜到，这个企业在这笔交易中，利润有多么丰厚。

应该的！我那时这样想，企业必须赚钱。企业是为了赚钱才存在的，这一点我甚至在上技术课的时候就学到了。那时我还没有智慧视镜，计算机键盘摆在面前。我们每周必须上一堂键盘打字课，键盘打字！“一门古老的文化技术”，老师这样跟我们说。

如果超网巨擘集团的高层没有经常想到好创意，公司就不能聘用这么多的人。没有公司的话，我应该早已沦为 C 区居民，像那个问很多问题的人。我们实际上是从公司每个天才般的新发展中获益的。

海明威的书扫描完毕，我满足地看着这本书，然后把它拿给佑幼：“你确定这么晚了，还要把书拿去给诺莫斯？”

“要去啊！”

办公室就在他回家的路上。直到我们在磁道列车车门前击掌告别的那一刻，满足的感觉还一直回荡在车厢里。

“那就明天早上见。”佑幼说。

“为什么？我们不是说好 12 点再开始下一轮寻猎？”

“明天是小组会议，你忘记了吗？”

佑幼的提醒让我从冰点冲到沸点，对呀，明天，小组会议。每个月都有一次，怎么偏偏是明天？我带着翻搅着的胃下车，每次乘坐磁道列车，下车的时候都是这样，但是这一次的原因不是因为列车那些七弯八拐的轨道。

佑幼继续飞飙三站，而我戴起智慧视镜，想要看看我的行事历，找一个借口请假。我还没开始找，视镜就亮起蓝色的警告闪光，晚上 8 点，视镜被锁住，糟了，第二次警告。我必须补看今晚错过的广告。我靠在车站旁的一个垃圾桶边，尽量让自己在看的时候舒服一点儿。

我在超网上的个人资料，有更多详细的细节了。旋转门开关按钮上的指纹，以及独桅帆船餐厅的收款记录是主要原因。我好奇地想知道，以我现在的资历，超网会给我安排什么样的广告？

“你喜爱水与冒险？**水男 17** 现在是你在超网上的动画师。”

2 秒钟黑暗的画面。

“海边的满月？你很罗曼蒂克！**露西**与你一样年轻，她住在你的基地，想要认识你。若回答‘好’，今天你们就可以见面；说‘不好’，表示你还需要考虑，并且希望我们明天重新问你一次。”

突发事件

Die Scanner

消失吧！书本

我无法将诺莫斯逐出我的脑子，我已经看到他了，他穿着灰色的西装，里面是蓝色的衬衫，打一条红色的领带，穿黑色的皮鞋，永远都是这一套。一次又一次的月会过去，可从来不见他戴智慧视镜。

视镜是戴还是不戴，真是一门大学问。我们图书经纪员在追踪的时候绝不允许戴着视镜，这不是在抵制自己的公司吗？

“有些读者讨厌智慧视镜，”诺莫斯说，“脸上戴着这个东西，你还期待有人在你面前掏出书来读吗？出其不意！才能百战百胜！”

这当然有效地将情势简化，犹如黑白动画。以前读者与视镜使用者的数量一样少，这是我们所有人在培训时猜想的。但是话又说回来，我们这种头脑简单的图书经纪员怎么能跟诺莫斯匹敌呢！

我白天去开小组会议时，穿蓝色牛仔裤和黑色上衣，上衣左胸下有一块灰渍。这块污渍我之前一直不知道（前一天吃没有鱼的鱼汤的后果），因为在家的时候没有发现，也因为我浴室里的镜子短路了，镜面老是闪着“请连线混合技术”。因此我的镜像是变形的，我看起来像**水男**17里邪恶的胖敌人。

再过两站就到诺莫斯的办公室了，我在智慧视镜行事历上找不到什么重要的约会。哪有这种约会呢？我找借口请病假好了。随便什么时候都有任何一种病毒在流行，危险而且会传染，我在超网上稍微搜寻一下，应该就有。

但是诺莫斯一定会心生疑问，不行，我骗不过他。我必须去开月会，去见我们组其他20个图书经纪员，去见爱得火花四射的佑幼。最最糟糕的是要去见诺莫斯。我数起眼前的房子，希望能借此分散注意力，这些房子在列车窗外像火箭发射一般飞离。

如果亚尼·贝格曼是对的，诺莫斯反正对一切都了如指掌。而我已经不再是鱼钩上的诱饵，亚尼本来应该带着图书互助协会来上钩，诺莫斯就可以把他们一网打尽，连根铲除。也许是别的情况，或许亚尼才是那个钓鱼的，而该上钩的是诺莫斯？无论如何，对我反正都没有任何改变，我都是那只会被吃掉的虫。

数到432，我不再继续数。

“视镜，联络，佑幼。”

只花了2秒钟佑幼就接了，我看到诺莫斯办公室的前廊，以及一打的图书经纪员，头上都戴着视镜。

“嘿，罗伯！诺莫斯还在外出中，15分钟以后才开始。”

“佑幼，我跟你说，我觉得我们这个亚尼·贝格曼事件应该不需要继续追下去。”

“为什么？”佑幼问。

“嗯，也不是一定这样……也许……”

“你直说好不好？”佑幼催促。

“也许我们不一定要说这件事，亚尼·贝格曼在磁道列车里忽视你，只对我说话。”

“你还在害怕？我跟你说……”

我跟佑幼的连线突然被打断，声音和影像一下子都没了，眼前只有黑暗。磁道列车突然紧急刹车，这也不是什么新鲜事，但是现在列车就这样前不着村后不着店地停在原地。我什么都看不见，我们一定是在某个摩天楼群之下很深的隧道里，在第五基地，距离我要下车的站只剩几百米。

从别的车厢和走道里传来惊叫声，有人在黑暗的过道上仓皇奔跑，跌倒在地。窗框上红色的灯微弱地亮着，原来这是紧急照明，我还是第一次看到。“吱”。

“现在发生的只是技术故障，请广大乘客不要惊慌。”广播里传出一个男性的声音，非常温柔地解释现状。

透过视镜看现场，比肉眼看还要漆黑。我拿下视镜，看着坐在我对面的女人。这个女人年纪不比我大，显然在我之前她就已经摘下了视镜。她微笑着，她的笑容平静，像是每天都经历这种灾难。她将两道眉毛剃得很精细，如同我们大家一样，这种纤细的线条与光头结合起来非常好看。我们是这节车厢里仅有的两个人。

“呃，什么都离线了，我相信。”我指指我的智慧视镜和紧急照明说道。

一时半刻我想不到要说什么，这种时候我总是很没用。我不禁想起昨天晚上有关于露西的征友信息以及映照海面的一轮明月。只是一则广告，但是它是有某种意义的。这则信息有一个决定性的优点，那就是我可以先说“不”，然后还有一天的时间可以再考虑。

我太胆怯，但是去C区寻找亚尼 · 贝格曼和他的组织的旅程，是我至今最勇敢的举动。只是现在那件事也帮不了我，那件事是要争取50万，这边是要谈感情。我怎么知道感情要怎么谈啊?

我甚至无法借着视镜藏身，停电还戴着视镜，看起来实在是太可笑了。不能以佑幼的言谈为榜样，没有电影可以看，没有智慧视镜游戏，没有超网可以上，什么都没有。

“很奇怪吧，没有视镜。”她说。

除了友善地看着她，蠢笨地点头之外，我什么都不能做，而这种情形总让我回想起我16岁生日的时候。

记得那天，我和佑幼去公园殿堂玩（雪与冰激凌主题馆）。那个时候你还可以在生日那天免费入场，而且可以带5个真实的朋友一起进去，但我只有一个朋友。

我们玩轮滑以及滑雪，我的眼神一直跟随着一个女生，因为她在入口处朝我微笑了一下。直到殿堂营业时间结束，我和佑幼都只在她附近打转，没有勇气和她说一句话。我的生日就这样在没有女孩儿的陪伴下结束了。

到了晚上，我相当沮丧地回到房间，那个时候我父母刚刚买了这间公寓。家居计算机在房间里检测到了我智慧视镜，家居计算机跟智慧视镜一样是超网巨擘集团的产品。

家居计算机在房子里，从滋味锭柜格一直到动画机都一起与之连线，我们只需要跟家居计算机签一个广告合约，差不多就像我和视镜的合约一样。每天家居计算机依据每个家庭的情况，给每个家庭成员看一则短短的广告。

“正确的化妆保持你的年轻。”这是给我父亲的。

“丰富多样的股票基金给勇敢的小资投资客。”这是给我母亲的。

“离家独立生活，从电子双轮车开始！”是给我的。

每周一次，我和父母必须一起看一个 15 分钟长的广告。给全家人看的广告，总是一个烹饪节目，厨师是拿着绿色发亮锅铲的男士，称自己是大厨小波。

大厨使用真正的食材，像变魔术一样变出看起来很美味的东西。客厅里顿时充满焦糖肉汁煎牛肉、素食比萨、淋草莓酱的香草冰激凌的香味。

“您的菜肴也能够如此美味。”大厨小波说。

我们收到他亲手寄来的特价优惠特制滋味食锭。

“直接把食锭放进滋味箱，等 20 分钟，然后……”大厨小波做了一个戏剧性的停顿。

“……请享用！”

大厨在我16岁生日这一天晚上没有出现，动画机在我和佑幼从公园殿堂的滑雪派对回来之后，帮我安排了特别节目。它在我床边投影了一个赤裸的女人，这个女人不但看起来像那个我盯着看了一整天的女孩子，而且动画机还让房间里充满了像糖果一样甜的香味。

“诚挚地祝福你16岁生日快乐。”裸女说，“你终于可以毫无禁忌地使用你的智慧视镜了。在雪中度过这么寒冷的一天，一点儿温暖会让你很舒服。你想要吗？罗伯？戴上视镜，说‘好’！”

我当然事先已被警告过会有这种事发生。佑幼比我大三个月，他在生日的时候已经有过一个相同的邀约。我们当然在超网上早就将所有可能的性交场景都看过了，重点是，这类视频的智慧视镜服务价格不菲。

所有的这些我都知道，但是我房间里站着的这个甜得让人发晕的女孩儿，她还喊我的名字，祝福我生日快乐。她知道我是如何度过这一天的，而且我虽然16岁了，但是我真的一点儿经验都没有。我把视镜戴上，轻轻说了一声：“好。”

“你很害羞，是不是？”列车上对面的女孩说。

生日那一天的回忆消解，我又置身在黑漆漆、只有微红亮光的车厢内。我往邻座看过去。

“老实说，是的。”

“这样啊，好，那么就由我来主导吧！”

这个女孩名叫凡妮，比我大 1 岁，她的智慧视镜账单超过三位数，她喜欢公园殿堂（沙漠与大草原主题馆），她穿 38 码的鞋，而且马上就猜到我鞋子的尺寸大小，凡是音乐她都喜欢，要睡觉的时候，喜欢在床边投影大自然的影像。是的，她有吃娜朵儿的经验（完全失去自主控制）。不过，她没有男朋友。

“前任发现我有孩子就提出了分手。”她解释道。

“你有小孩？”

“一个儿子，2 岁大。”

“他现在还好吗？”

“你问对问题了。”她说，并且对我微笑。

“错的问题是什么？”

“父亲是谁啦。”

我了解了，我会记住的。

“我们没有申请有孩子的许可，没有财务审核，没有基因合格测试。”凡妮说。

“领区管理处没有找你麻烦吗？”我问。

“有，麻烦多着呢！我刚刚在 C 区服完五年的罚役。”

“哪里？”

“在一个养老院设施里。”

“看护？”

“看护。”

我简直不敢相信，我对佑幼撒的大谎居然实现了。即使此时并不是全都实现，我承认，我们都还没有正式在一起呢！但是我现在真的认识了一个在 C 区工作的女看护。

她问了我很多问题。我认真地开始叙述我自己，在过道上走来走去的人们也不能转移我们的注意力。我告诉她有关我父亲的事，我母亲的事和佑幼的事。

“我的工作是图书经纪员……”

“我们不要谈工作的事，我倒是很乐意听你说你家里的事。”

“即使这些是比较悲伤的故事也没关系？”

“我生活在 C 区，忘记了吗？悲伤故事区。”

所以我就开始告诉她有关迈克——我父亲的同事——自杀的事。我告诉她迈克死了以后，我父亲像变了一个人。我告诉她我父母之间争执不断。凡妮和我根本不在乎每 5 分钟就在电路箱里一闪一闪的“技术故障”自动信息。

“你有女朋友吗？”她问。

“有 650 个超级好友。”

“你有女朋友吗？”她再问一次。

“650 个超级好友里，有 280 个是女的。”

“你有女朋友吗？”

“呃……在 8500 个不是超级好友的好友里……”

“就是没有嘛！”凡妮断定。

我们放声大笑，谈话继续。在这个车厢里，某个时刻我忽然醒悟，其实我完全不是害羞的人，或者套用凡妮的话说：“你只是需要一点儿时间，就会做你该做的事。”我恨不得可以马上亲吻她，但是我不敢。她敢吗？她愿意吗？

刺眼的灯陡然亮起。磁道列车又开始启动，从零到难以置信地快。

“你真的必须去开会吗？”凡妮问我。

“我也不想啊！”她想马上带我回家吗？

我感觉我的心脏快要跳出来了。

“要是我的话，我会先把上衣换掉。”凡妮说。

这时我才看见衣服上这块污渍。

“这是昨天吃没有鱼的鱼汤弄到的。”

“嗯，看起来很蠢。”

“我可以，呃，我们能够……”

“下一站……”磁道列车的广播打断我的话。

我必须下车了。智慧视镜一时开不了机，我们并没有带笔或是其他上古世纪可以写字的东西在身上。

“嗯，我们也许可以……”我重新开始一个句子。

“你在超网上可以找到我的资料，很简单，搜索‘**凡妮－2－凡妮**’。”

“**凡妮－2－凡妮**。”我重复一次。

我展开像16岁滑雪时那样的笑容。

“我会尽快跟你联络的。”我说。

佑幼站在扫描股份有限公司大楼前的广场上等我，诺莫斯取消了会议。超网巨擘内部因为停电而乱成一团，非常巨大的信息量消失了，必须尽快重新生产出来。

“你签约要看的广告量到底够了没有？”佑幼问。

“没有，干吗？”

“你整个人在发光，好像你同时发现了5个读者一样。”

“刚才跟凡妮在一起。”

“你的看护小姐？”

“完全正确，我的看护小姐。”

佑幼告诉我公司一片混乱，智慧视镜出现了问题。

“对我们企业来说，最决定性的问题是：这个事件是不是在保证系统下出的故障。”

我满头雾水地看着佑幼。

“如果是在保证系统下出的故障，我们公司就要大出血了。如果不是，超网巨擘会在修理费上大赚特赚。”

我们回到了佑幼家，我把电线、插头以及一箱的计算机零件扔到角落，然后慵懒地躺在塑胶沙发上。他将手指按在厨房的自动饮料机上，什么都没发生。他弯腰去看打不开的冰格，然后一边咒骂一边打开橱柜，拿出一瓶水给我。佑幼对刚才发生的情况，有他的一套说法。

“这是一场有目的的电子攻击！”佑幼说。

“一场什么？”

“一场电子攻击。技术上来说，并不困难。”

“你的意思是，甚至我也会？”

“不是，也没有简单到这种程度。”

佑幼解释的时候，用了很多专业术语，5秒钟之后，我已经把这些字眼儿都抛诸脑后了。结论就是，这是一场蓄意毁坏所有电器的攻击。

而正因为所有的电器都毁坏了，所以佑幼显得狼狈不堪。他的智慧视镜跟我的一样不能开机，他的动画机不投影，清理衣服的空气除尘器不除尘，自动饮料机没饮料，冰箱打不开。

我很难想象，家里会变成什么样子。但是没有视镜，我无法联络任何人。

佑幼花了15分钟摆弄他的动画机，更换了一些零件。机盒先是“嗤嗤”作响，然后投射出扭曲的影像。但是一段时间之后，机盒完全恢复正常。“吱”，新闻女播报员出现在我和佑幼中间。

“……第五基地所有的电子机器都出现严重故障。”她说。

“为什么刚好是在我居住的基地？”佑幼抱怨。

我们仔细听播报员报道。

“相同的情形也发生在磁道列车的能源站，以及扫描股份有限公司总部。现在，从别的基地来的第一批访客已经到达，接下来的画面来自他们的智慧视镜。如果你在现场的话，请将视镜转成直播模式。”

第五基地一条八线道的马路上很多蓝光在闪，刺耳的警铃声从佑幼的动画机里传出来。

镜头转换。

撞在一起的车子冒出浓烟，动画机里涌出烟尘和热气。

镜头转换。

穿蓝色制服的健康局工作人员将受伤的人抬进救护车，佑幼的房间弥漫着乙醚的味道。

镜头转换。

许多家智慧视镜商店前面，排着看不见尽头的长龙。

镜头转换。

一个大约有 20 个男女的团体聚集在领区管理处基地分处前，这些人穿着不同颜色的制服，围成一圈儿盘腿坐在地上。一个穿着黄色长袍的女人跪在圆圈的中心，头重重地磕在地上。起身，再磕头，又起身，一直重复。

我想混乱中还少得了这群人吗？这群人是反科技、崇拜自然的教派，每次超网出问题，他们都看成神迹。

女主播重新出现在我们面前，声音变得更严肃了：“所有迹象显示，这是一场有针对的蓄意攻击。根据我们新闻室得到的消息，造成这场混乱的是一颗电子炸弹。”

佑幼大叫道：“我说吧！我是怎么说的？我的推论完全正确。就是一颗电子炸弹把方圆几公里的电器都毁了，连警察的电子枪都不管用了。”

在他拿技术细节来折磨我之前，女播报员继续播出消息：“我们新闻编辑室几分钟前刚刚收到宣称是犯案者所传来的影像，我们即将播出。请注意，这段影像对儿童与青少年会造成不良影响，请先提供你的成年证明。”

佑幼整个人立刻跳起，三步并作两步地冲到动画机的座架边，按下指印。

我不敢相信自己的眼睛，一本巨大的、蒙着厚厚灰尘的书飘浮在空中。这个影片我马上就认出来了，相同的手，开始翻页。有那么一瞬间，我甚至以为，我的照片马上会出现而被焚毁。但是这次受害者不是我，而是安斯凯麦能，超网巨擘企业集团的总裁。

我知道影像会怎么进行下去，当书的边缘开始发亮、慢慢着火时，我闭上眼睛，但是室内的热气，我还是感觉得到，安斯凯麦能凄厉的叫声还是听得到，我伸手捂住耳朵。

这一切都不是真的！这不可能！先是这场攻击，然后出现这段影像，而我居然认识幕后主谋！我认识这些人，谋划这场攻击的人。我还无知地跟这些人坐在漆黑的地下密室里交谈。他们一副救世济民的样子，还对我施以启蒙教育。什么老人俱乐部？！根本就是恐怖分子！

佑幼将一卷一米长的电线丢到我脸上，我重新睁开眼睛，看见空荡荡的书架，佑幼的房间里到处是动画机投射出的影像。沙哑的男性嗓音，跟我收到的影像里的声音一模一样。只是，现在这个声音让我毛骨悚然，脊背发凉。“扫描图书，就是扫描掉你的过去与未来。”影像变成了一片空白，我看着烙印的大写字母：B 与 G。

“图书互助协会（Büchergilde）。”我轻声说。

播报新闻的女人访问一位在扫描股份有限公司工作的职员，他是因为去上别的节目，所以刚巧出现在新闻室附近。佑幼快转，让 5400 个频道里的前 160 个频道投影出来，每个频道都在播放这个访谈，所有频道都在做新闻快报。

那个同事和诺莫斯一样，穿着灰色西装、蓝色衬衫，打着红色领带。

“刚刚我才和公司高层通过话，超网里所有损坏的档案都已经修复更新。”他说。

“坏掉的智慧视镜可以拿回商店免费修理，只需要延长合约六年。”他解释。

非常大方而且果断的决策，我如此想。是谁说企业就是要赚钱的！

穿灰色西装的男人还没有说完，他直视我们的眼睛，在佑幼的投影里看起来，像是真人直接站在我面前威胁我。

“超网巨擘会用尽一切办法，让领区管理处尽快将攻击事件的幕后操纵者绳之以法。现阶段，我们公司精英部门的同事正在向管理处献策，邪不胜正，胜利会站在我们正义的这一方。”

佑幼一整天都沉醉在这几句简洁有力的话里，不断地提起它们。

“安全扫描卫队一定会给这些恐怖分子好看！”他说。

“我们要将他们打到永世不得超生！”

佑幼一遍又一遍地重复道：“邪不胜正，胜利会站在我们正义的这一方！”

佑幼现在感到非常荣幸，他属于超网巨擘的一员。不知道为什么，我也是。但是我的感觉还是相当混乱，真的只有短短的一刹那，我对亚尼 · 贝格曼和他的图书互助协会产生了微小的兴趣。我亲爱的教授婆婆所说的话，一定有某种程度的真实性。以前在大学课堂上，她总是能激励我产生新的想法。

“不要只是向左看、向右看、向前走，你们要学会怎么用余光。”有一次在上完上古人文经济危机时期的课后，她这样跟我说。

电子炸弹恐怖攻击彻底改变了我的感觉，我的教授婆婆和她的同党做出这种行为，实在是太过分了！

我家在第八基地的房子幸亏没有被电子炸弹波及，只有我的智慧视镜必须更新资料，它在第五基地被毁了。

我手指一按，在街角的智慧视镜商店延长了我的合约，得到了一个小小的替换零件。女售货员一脸“我卖给你的是超级大优惠”的灿烂笑容。

“从现在起，你也可以用视镜付钱了！”她说。这为什么是好处？我到哪里不是都带着手指吗？还有比用手付款更方便的方法？我感到困惑。

“不会再有按指纹付款的麻烦了！”她解释道。

“但是……”

“视镜会直接辨认你的眼睛，从现在起这样就够了！”

我若有所思地点点头。

“可是……”

“而且卫生得多。”

“也许让我再考虑一下……”

“不需要再接触陌生的收款机！”

“对眼睛不会有危险吗？”

“不会传染到病毒！”

“是没错啦，但是……”

“维护健康！”

谁会不想要？这套新式服务付款手续费，超网巨擘只拿款项的 3%。

“为了你的健康，这点儿钱不算什么吧？”

“当然不算什么！”我回答。

我离开商店之后，女售货员突然在我身后叫我。

“罗伯！”

我立即转身。

“那你父母的健康呢？”

“我会转告他们的。”

“他们可以有一年的试用期，不受合约绑束。”

“我马上到家了……”

我转过街角，然后加快脚步。

“吱”，我的视镜亮起，女售货员出现在里面跟我说话。

“你现在可以把试用优惠的信息发给你名单上所有的好友，把好消息分享给大家。”

“不！”我说，但是我的眼睛比我快得多。

“你的 8500 个好友以及 650 个超级好友，已经接收到你推荐的超网巨擘的试用优惠了！”女售货员说。

我无法入睡，干脆看看新闻特别报道。新闻快报仍然占据所有的频道，动画机投影出一个无趣的领区管理处连夜会议现场直播。我戴上智慧视镜，看我最喜欢的一个猜谜节目《谁来住 A 区？》的重播。穿着条纹套装的苗条女主持人，从“重要的常识”这个项目中抽出问题，让 12 个 B 区与 C 区的居民回答。

“在《爱上乔纳斯》哪一集中，乔纳斯嫁给了史帝夫最要好的朋友的同事？”提供的答案选项有：“A. 第 350 集”“B. 第 870 集”“C. 第 1200 集”。我输入“C”，选错了。

我视镜里的猜谜节目差不多要结束了，新闻快报特别会议已经结束，领区议会从我的房里消失。议会发言人站出来，容光焕发。她身上有花朵的香味，但是很淡。

我马上认出了她和她的香水味，两年前她还在扫描股份有限公司的通信部担任主管。有一次在总部，我们一起坐电梯。我拍下我们一起从第八层到第十四层坐电梯的过程，不敢说一句话。我和佑幼之后反复看那一段影像，不为什么，只因为她的香味那么迷人。

“警察从现在起可以检查智慧视镜里的每一条信息，超网上所有的信息都可提供给调查处查阅。”发言人说，“超网巨擘集团同意无条件提供任何的合作。”

我一点儿都不惊讶。

“SAIV，集团精英部门会协助警察找到罪犯。”她说，然后她以“邪不胜正，胜利会站在我们正义的这一方”结束报告，这句话在这段时间里已经成了超网巨擘几百万员工的口头禅。

为什么我没有早点儿跟安全扫描卫队报告我跟亚尼见面的事？如果我及时上报的话，也许就可以阻止这次攻击的发生。但是如果我现在才去报告这件事，我是不是会被送去坐牢？

父亲站在房门口，当新闻特报结束的时候，他打断了我的思绪。

“今天印刷信信差送来一封你的信。”他说。

我现在才想起来，父亲今天不用上班。信听起来像是上古人文课里才会有的字眼儿，我这辈子还从未收到过印出来的信。我躺上床，将信封打开。打开的时候，我不小心把它撕成了两半，因此，为了读信的内容，我必须把两半拼凑起来。“文书工作真是麻烦！”我边咒骂边看信。

亲爱的罗伯，你已经忘记我了吗？我们今天在磁道列车里相遇了。

我立刻来了精神，感觉心跳越来越快。我怎么能像超级白痴一样，把凡妮给忘了呢？我不是要在超网上联络她的吗？**凡妮－2－凡妮！**在恐怖攻击的混乱中，我完全忘记了。而她竟然写信给我，她想念我。

我从床上跳起来，抱着动画机跳起舞来，直到差点儿把电线扯坏。动画机还是热的，我想象在我怀里的是凡妮。接着两个问题陡然出现在我的脑海中，我停住了脚步。她如何得知我的地址的？为什么采取这种陈旧的通信方式？我捡起地上的纸张，仔细看了看。信的背面所写的字句解释了一切，却同时什么都没说，它让我又回到了事件的原点。

明天8点，阳光咖啡馆，你已经从亚尼那里知道这个地方了。

很期待见到你！

凡妮

清　算

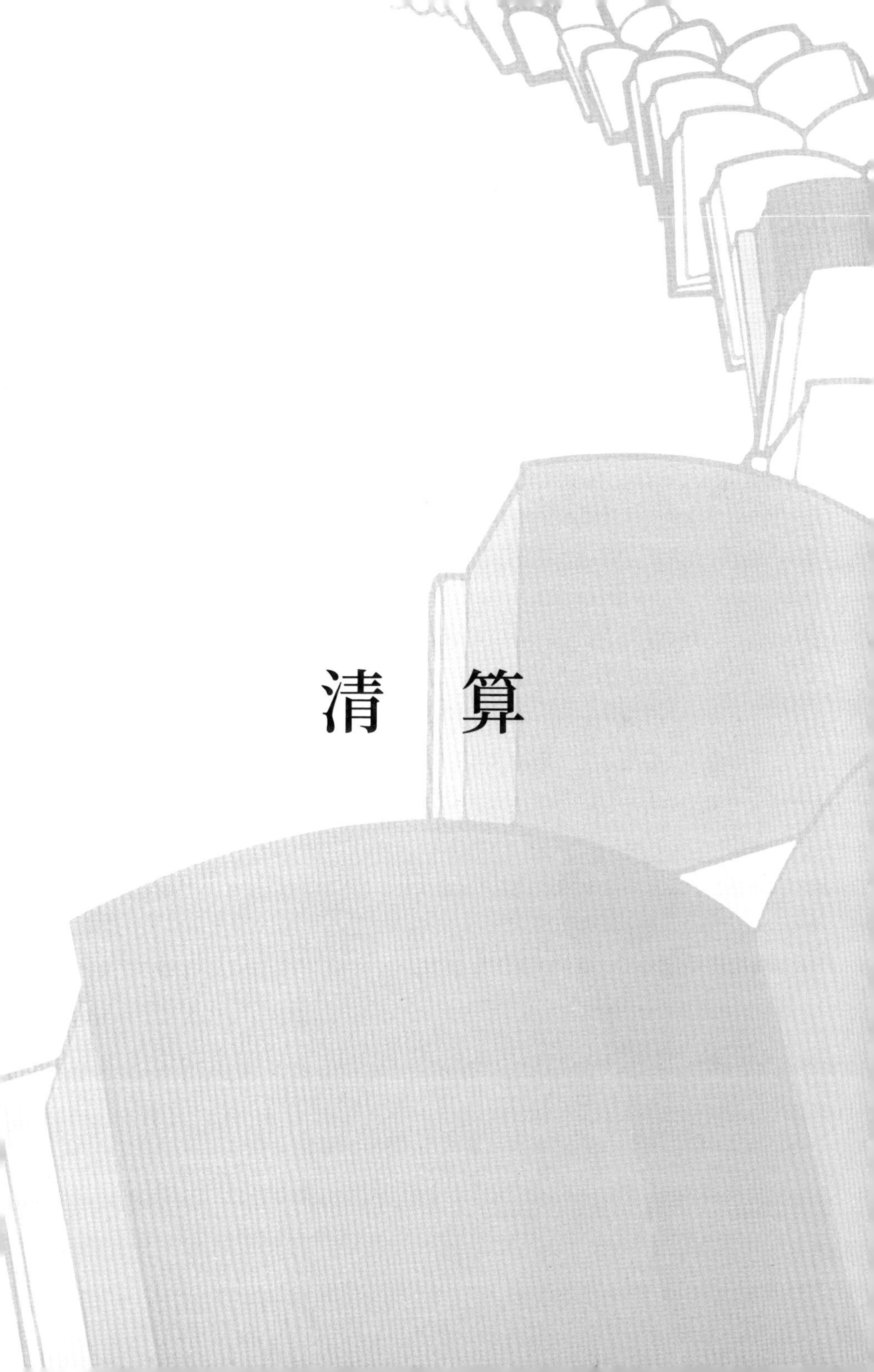

Die Scanner

消失吧！书本

我对亚尼 · 贝格曼和他的图书互助协会相当失望，他们怎么能做出这种事来？恐怖攻击！这场灾难摧毁了多少东西，伤了多少人命！我很愤怒，非常愤怒。我需要跟图书互助协会见最后一次面，如果可能的话，不要到那么边缘的地区去，最好是在核心区。我必须把教授婆婆和凡妮救出来，她们两人都选错阵营了。图书互助协会是一个邪教，会员根本就把一切事实和行径瞎扯胡凑在一起，而亚尼是这个协会的大魔头。

我拟定了一个相当冒险的新计划：警告教授婆婆和凡妮，将一切我所知道关于亚尼 · 贝格曼和他的恐怖组织的事，都向安全扫描卫队报告。至于我已经去过一次的事，则支吾其词好了，希望没有人知道事实真相。最终的目的，当然是将 50 万赏金收入囊中。

刚开始的时候，一切和平常没什么不同。我所谓的平常，是自从和亚尼在磁道列车上相遇以来，重新开始的日常。我夜里辗转反侧几百次，我才睡了半个小时，智慧视镜就以轻柔的电子声音叫醒了我。

在去见凡妮的路上，我的无眠之夜有多糟，我的样子看起来就有多糟。

当咖啡馆的服务员递给我三个巧克力蛋糕时，我毫不惊讶。

“一个是樱桃口味的，两个是焦糖口味的。不含滋味锭。给您！”她说。

我接过蛋糕，走出了咖啡馆，不出所料地看到红卷毛在等我。他靠在摩托车旁边，我走过去，主动把智慧视镜放到他手里。

“很快就会还给你了。”他说，对我笑了一下之后，便骑着车走了。

出租车等在禁止临时停车的地方，我也不惊讶。

“上车，罗伯，我们要来不及了。”

我对什么都不再感到惊讶，坐在副驾驶座上，见怪不怪地看向窗外。

“我们又要绕几个小时的冤枉路，你才让我在宝贝 Q 下车？”我问。“我已经破产了，请走捷径吧！”

他在方向盘上卷烟，用嘴唇去舔了一下烟纸，娜朵儿的味道直逼副驾驶座而来。

“到宝贝 Q 是前天的事了，亚尼让我载你到别的地方去。”出租车司机说。

他是图书互助协会的一员！第一次载我的时候，居然把我当傻瓜。不过，大家总是把我当傻瓜看，我也习惯了。

宝贝 Q 一定是这组织的许多据点之一，我绝对要打入他们的核心。经过一个小时的迷魂阵，出租车停在了十字路口一个四层的汽车电梯前。

出租车挡风玻璃上的红光闪起“等待时间 2 分钟，请耐心。电梯到达”这些字。

“好了，下车。车费我请。”出租车司机说。

“第一次的车费也够贵了，好吗！”我可不用谢他。

“对一下你的账，”他说，“上次我根本没有扣你的款。阳光咖啡馆没有收你的钱，我也没有。你不应该到处用指纹留下痕迹。”

“从现在起付款反正是用……”

“……用眼睛，我知道。痕迹就是痕迹。”

好吧，对就是对。

“看到那边的人力车了吗？”他问我。

“那边的什么？”

“三轮车！车夫姑娘不是我们一伙的，跟她说，你要去东港养老院。”

他交给我一张 10 元钞票，我接过来，随即下车。

“付现金，知道吗？”

“我知道，但是……”

挡风玻璃的闪光变成绿色，他如一阵风般地进了电梯，我被独自留在街道边。

我从未坐过人力车，在 A 区和 B 区，有引擎的三轮的三人座车是被禁止的。废铁补补贴贴合成的车子，在后方有一个车顶，车夫姑娘坐在没有车顶的部分，对我大喊道：“抓好！”她其实没有必要嘱咐我，我早就自动地双手紧握我前面的一根杆子，身体被车子带着左抛右甩。

我们随即从干道弯进像迷宫般的巷子里，迅速穿过水泥高楼形成的峡谷，在这段时间里，车夫姑娘既没有减速，也没有停止按喇叭。人力车的大小，与这种窄巷真是搭配得天衣无缝。

灰墙深处是像洞穴一般的小小商店，我看到有酒吧、药店、超级市场，而且我很惊讶，坐人力车给十块钱居然能走这么远。

车夫姑娘紧急刹车，我整个人往前倒，头撞到她的背，连忙说了“对不起”。一个身着破烂衣物的退休老人，腋下夹着两个桶站在路边。

“茶还是咖啡？”车夫姑娘问我。

她递给我一个塑胶杯，然后用手指去按移动收款机。收款机挂在卖饮料的人的破西装背心上。她没有先警告我就起动加速，滚烫的液体晃出来，洒在我的衣服上，我痛得大叫。

我们经过一家智慧视镜商店，我想起了佑幼。今天早上我并不需要跟他说谎，因为他昨天夜里打电话给我，要把我们每天寻猎读者的行程推迟到下午。

“跟美莉有冲突。”他回答道，并且给了我一个链接，可以观看他们争执的智慧视镜地址，他把这个网页叫作“佑幼情危——欢迎建议！”希望能从留言里得到好意见。

“财务审核测试出来，成绩是负的！”我听到美莉说。

“怎么会？它是正的，很正很正！A^{+}。”佑幼说。

“我父母在恐怖攻击之后又做了一次。你的分数是 A^-，行情下降中。”

“超网巨擘会渡过难关的，不管是企业还是我的工作，都不会受到损害。邪不胜正，胜利会站在我们正义的这一方！”

“这段文字不就是你拷贝的，每个频道都在讲的吗？你忘了吗？”

“那现在呢？”

“我没有那么在乎财务审核测试，但是我的父母还是想要安全一点儿。”

“所以先不要跟他们视频会面？”

“对。”

“那我们今天还去公园吗？”佑幼问。

停顿 5 秒钟。

“去。”

“我爱你！”

“我知道。”美莉说。

“感情危机”已经有 43438 个点击量了。“感情 & 痛苦”这个类别是最受人喜爱的。佑幼得到这么高的浏览数，害得我都羡慕起他的感情危机了。

我的生活里没有任何一秒钟被这么多的人浏览过，甚至我出车祸的那一次也没有。两年前，我被骑电子自行车的邻居撞倒，撞击的链接影像只有 450 个人感兴趣。我的手术总算是有 2320 人浏览，但是那些人是在执刀医生的智慧视镜上观看的。

佑幼和美莉早上商定了一个危机对话的日期，然后两人会一起看一部动画机电影，当然是各自在家里，不过，总是同一时间看。估计这就是计划用来和解的活动。

结论就是，佑幼很忙，我绝对可以安心地被这辆人力车载着，在这迷宫一样的地方满街跑。

上衣湿掉的我，提着三个东倒西歪的巧克力蛋糕，站在东港养老院门前。名字是骗人的，这个地方和养老住宿一点儿关系都没有，而是一家咖啡馆。塑胶垃圾在一个玻璃炉里燃烧着，不知道是哪个世纪的沙发摆成一圈儿，放在室内的正中间。一张沙发上睡着一个四十多岁的人，我猜想是服务员，因为除了他没有别人在。

一块板子上写着“今日特惠：滋味锭柠檬蛋糕”，板子上还吊着一支粉笔。我最讨厌“滋味锭”这个词了，牛排香味取代了牛排，比萨香味取代了比萨，西红柿色拉香味取代了西红柿色拉。不管什么食物，端出来的总是一样的糨糊，闻着香味，让人有很多想象空间，吃起来会像真正的食物。

所有不用滋味锭的，都需要一大笔钱，比如阳光咖啡馆的巧克力蛋糕。幸亏我不用付蛋糕的钱，如果出租车司机没有骗我的话。

我用湿掉的上衣袖子把东港养老院咖啡馆的今日特惠擦掉，然后动手写字（我因为学过上古人文学，所以会用手写字）。

我的教授婆婆坚持要我们学写字，而且宣称这是一个重要的经验。我们偷笑，但还是想让她高兴。于是大家跟着她辛苦挥汗写字，我们练习时用的是圆珠笔，有一次也用铅笔，但是从没有用过像粉笔这种恐龙时代才有的材质做的笔。

就这样，我在东港养老院咖啡馆学到一件很重要的事，粉笔在湿的板子上很不好写。“今日巧克力蛋糕，”我写道，“有樱桃和焦糖两种口味，不含滋味锭！”

我把被压得乱七八糟的蛋糕拿出来，摆在服务员前面的桌上。他开始打起鼾来。我跟着牌子的指示，走到我猜想会见到凡妮的地方。

天花板上打开了一块，我站在马桶盖上，伸长手正好摸到梯子下端。我爬到顶端，一个短灰头发、满脸胡子的男人伸出手迎接我。

“我叫汤玛斯，上次已经有幸见过你了。”他说。

他说的上次，应该是在宝贝 Q 地下室的那一次。独白时间，上课，统战小组，哦，他是那个作家，我想。很明显地，他信任我，至少他表现出来的是这个样子。我觉得良心不安，毕竟我并不想领会员证。

我们沿着一条长廊前进，长廊两旁有很多分岔口，我们穿越了一道又一道的铁门。我感觉我们似乎是在住宅区块的外墙后面健走，窄长的路有往下延伸的趋势，我们应该是进入 C 区的最深处了。

汤玛斯拿着手电筒，在前面引领我前进，随即在一扇门前停了下来。我们的作家没有钥匙能打开这扇门，而按指印的方式，肯定也对这扇生锈的铁门行不通。

汤玛斯在门把下方一个开关上按压，原来是门铃。声音听起来的节奏是：长——短——短——短，停顿，长——长——短。好像在经典频道里才会播放的老旧间谍片里的那种铃声一样。

门开了，我们进入一个没有窗户的空间，一张厚重的木桌摆在中间，木桌两旁放置着很长的长板凳。

“欢迎光临！这里以前是一个仓库。”汤玛斯说。

“以前这个仓库里存放的什么？”我问。

也许存放的是亚尼 · 贝格曼的组织未来进行恐怖攻击所准备的技术工具，我猜想。

“这个你马上就会知道了。”

又是这种你马上就知道了的姿态。

汤玛斯端给我一杯热水，里面溶解了一颗咖啡滋味锭。我一边啜着咖啡，一边满腹狐疑地看着他。

“无咖啡因的。”他说。

“亚尼 · 贝格曼在吗？”我问。

“我们也有意大利浓缩咖啡。”

我低头深深地吸一口气，不知这些人是在跟我玩游戏，还是在测试我的耐心。

亚尼终于进入房间，他想要拥抱我，我却立刻退了一步。

“我不会加入你的组织，我完全不想和你们这些恐怖分子有什么牵连。这次电子攻击……”

“……不是我们做的。”亚尼打断我。

“什么？”

“我不是跟你说过，你应该多用大脑，少用智慧视镜。”

“我完全不了解你在说什么。”

“超网巨擘计划这个行动已经很久了。”

“你当然会这么说。”

“那部焚烧企业首脑的忏悔影片，你看了吗？”

“恐怖攻击之后，当然每个人都看了！”

“那一个动画不是我们做的，它是超网巨擘的杰作。而这个企业集团，才是这次恐怖攻击的始作俑者。”

“你疯了，”我停顿一下，“你们大家都疯了。”

“生活本来就是疯狂的。”亚尼说。

我沉默着。

“超网巨擘有一个大目标要达成，为了达成这个目标，集团需要一个强大的敌人。”亚尼说。

我越听越糊涂。超网巨擘公开一个威胁的信息，信息里的受害者却是他们的首脑？还宣称这个信息是图书互助协会发的？更令人费解的是，这个集团引爆一个电子炸弹，却摧毁了他们自己的电子技术？我从来都不是立论扭曲的阴谋论的拥护者，我当然反对亚尼 · 贝格曼的组织。

“超网巨擘想要用这个达成什么目标呢？”我问。

“知道得更多，可以控制的就更多，权力就更大。”

对我来说，这种言论连路人都知道。我承认，领区管理处在恐怖攻击之后是公布了一些法令条文，但这是为了要抓到犯罪的人。超网巨擘能从中获得什么利益？而我可怜的教授婆婆和凡妮居然相信这个书蛀虫，以及他完全说不通的言论。

亚尼不肯罢手。

“超网巨擘在寻找我们，想逮捕我们。为什么？”

“因为你们是恐怖分子，你们发动恐怖攻击！”我说。

“这是你勤奋背下的新闻报道。”亚尼的话第一次听起来有一点儿酸楚。

“不然呢？”我问。

“如果我们这些反对者都被关进监牢，再也没有反对声音，超网巨擘就达到其目的了。这个集团就能够完全不受控制，也不会有人再敢站出来指出弊端。”

汤玛斯没有说一句话。他给一只烟斗填上烟草，我很惊讶烟斗上面竟没有抽烟会致癌之类的警告标语。他把我的咖啡喝完，静静地听我们说话。亚尼朝我靠近一步，他的脸距离我只有几厘米远。

“相信我们。”

“凭什么？”

“相信凡妮！”

“哈哈，非常有趣。你为什么把她安插到我身边来？她的任务是招募我成为你们的会员吗？”

我不想多谈论凡妮。夜里，在我过短的睡眠里，我做了一个梦，梦见我们是一对情侣。在A区我们不只有自己的房子，还一起在公园殿堂里的沙滩上徜徉。

然后她翻开一本书。

“念这段给我听好吗？”她问。“念完以后，我就亲你一下。”

我开始念书给她听，在我念完一个章节之前，梦就结束了。一下都没亲到。

亚尼和汤玛斯并不是梦境，而我现在相信，凡妮对我的兴趣只不过是演戏，她演得非常好。

我又变回一条饵虫，在钓钩上无谓地挣扎。

“她的任务完成得非常漂亮，你可以帮我转告她这句话吗？”我说。

亚尼伸手轻轻抚摩我的光头，我无法抗拒。感觉上他是如此地……我要怎么描述呢？这么像一个父亲。居然来这一套，邪恶的首领扮演父亲的角色。

这一切我都无法理解，到底发生了什么事情？他们到底要从我身上得到什么？我脑中浮现出凡妮的身影，眼睛里开始蓄泪。亚尼把手放在我的肩膀上，我心里其实并不排斥，这次更像是兄弟情谊一般，而不是父亲。刚刚他扮演父亲的时候，老实说，我感觉也没有那么不好。

“凡妮的任务是观察你。”亚尼最后说，“她要看看你在别人面前的行为。她必须告诉我们，我们是否能够信任你，或者你是不是告诉了别人我们第一次见面的事。这次攻击的发生，她惊讶的程度不亚于你。”

说到这里，他很明显地发现了我质疑的眼光。“不是我们！凡妮只不过是利用停电和故障的智慧视镜作为话题跟你搭话。这不是计划好的，她破坏了我们的规矩。”

他停顿了一下。

“不知道为什么，她似乎喜欢你。”

苦咸的第一滴眼泪夺眶而出，沿着我的脸颊流到上唇，我伸出舌头舐去。亚尼假装没有看见，但我们这样的距离，他不可能没有看见。

“她真的是 C 区的一个看护？”

亚尼点头。

“图书互助协会里也有读者，读者是遍布所有区域的。”

我生自己的气，我在这里做什么？这一切我都不能够相信，我不想要相信，我只想离开这里，于是我转身往门的方向走去。

“左转两次，右转两次，再左转两次，出口的门是开着的。”汤玛斯说。

他把手电筒递给我，又一个父亲，我想。

我不用转身，仍然可以听到亚尼的结论：“接下来的四十八个小时内，情势会更为严峻。在最后的大爆炸之前，我们还会再见面的。

请你思考一下智慧视镜的意义，思考超网巨擘集团是什么样的组织，思考所有的这一切，对你的生活造成了什么影响。”

“为什么是我？”我死瞪着生锈的大门问道。

亚尼走近我：“到目前为止，你都没有将我们的事上报给诺莫斯，或者告诉你的父母，甚至对你的好朋友佑幼也隐瞒着。为什么呢？”

我沮丧地看着地面。他应该只是虚张声势，他怎么可能知道这一切。

“而且我有你教授婆婆的话做保证。”亚尼说。

我重重地摔上门，沿着走道不停奔跑。左转两次，右转两次，再左转两次。所有的门都是敞开着的，通道尽头的光越来越近，我沿着梯子往下爬到底。

厕所隔间有粉红色的墙，但是之前这里根本不是厕所。汤玛斯骗了我，还是我走错了？厕所的门是从里面反锁的，有人从上面把梯子收了回去，接着是“吱呀”的声音，天花板闭合，厕所的门同时也向旁边滑开。

我经过一排红色的洗手池以及镜子，沿着走道走下去，我发现自己身处在一个空间曲折的餐厅里。餐厅的装潢使用了很多暗色的木头以及真正的蜡烛来装饰，原来我所在的地方，是很多洞穴般的商店中的一个，在灰墙里的深处。

也许我乘坐人力车的时候曾经过这里，我搜寻着出口，继续跌跌撞撞地往前跑，直到一个我认得的声音叫我的名字，我才停住脚步。

凡妮坐在角落一个小小的圆桌旁，朝我微笑着。她伸出手拭去我脸上的泪水，可惜泪水拭掉就没有了，被她的手触摸的感觉真好。

她取笑我的上衣：“又是因为没有鱼的鱼汤吗？”

我的上衣布料仍然是湿的，东港养老院的粉笔在我的衣袖上留下了灰色的痕迹。

我想跟凡妮谈论图书互助协会的事，谈论亚尼，谈论她在这个组织里所扮演的角色，并讨论出一个能把她和教授婆婆从组织里解救出来的方法，也讨论我们。

“我在磁道列车里骗了你，但是仅此一次。”凡妮说。

在这一张圆桌旁，我会原谅她所有的事情。

“我只说了一个非常必要的谎言。”她说。

只有一件事她如果骗我，我绝不能够原谅她。

“你有男朋友吗？”我问。

她惊异地望着我，整个基地都陷入混乱，图书互助会正在抵抗超网巨擘以及领区管理处。而我心里却只想着这件事？

我希望自己可以再次陷入图书互助协会黑暗的地下室里那张柔软的沙发里，可以再被像父亲一样的汤玛斯的手抚摩。他可以在这里告诉我，我该如何跟凡妮说我无可救药地爱上了她，就算是在所有事情发生之后。

“什么是那个一定要说的谎？”我问。

“动画机那件事。”

“哪件事？”

“我从未有过一台动画机。”她说。

几秒钟过去，我终于笑了出来。我心里已做了最坏的打算，结果她说的竟然是这件事。我的笑立刻感染了她，于是我们一起笑了起来。不知何时她拉起我的手，盖在她的手上。

“虽然没有动画机，但是我有一个小小的图书馆。”她说。

她可以跟我叙述一切她想说的事。我感受到她手中的暖流流过我的手，我是世界上最幸福的人。

“我的图书馆从祖父那里一直得到补充，即使是在城里最后一家书店都已经关门，也不能再通过超网订书的时候……”

我不了解，她为什么要收集旧纸，为什么满屋子都摆满书架。我真的不能理解，到底是什么让一个人加入像图书互助协会这样的组织，发动恐怖攻击，制造混乱。

我感觉着凡妮的手，其他的事情都可以等一等。至少我是这么想的，但是我错了。她说完有关她祖父的故事，以及她许多厚厚的书之后，满怀希望地看着我，然而我却完全想不出要说什么，我能想到的只有批判的意见和一大堆问题。

但是我不想和她辩论，所以想找其他的话题聊，重要的是，我们俩在谈话，更重要的是，我们一起坐在这里，我们的手互相爱抚着。但是我心里有一个问题一直困扰着我，唯一的一个问题，也是我一定要问的问题：“亚尼跟我说的大爆炸是什么意思？”

她凝视着面前的蜡烛，沉默着。

好，我豁出去了。“你必须脱离组织！必须终止和图书互助协会的关系！你和我的教授婆婆赶快脱离他们吧！我们一起去阻止大爆炸，我们一起分享50万的赏金。”

她迅速地把手从我手中抽离。

“你是一个图书经纪员，你摧毁我所爱的物件。”她对我大叫。邻桌的一个老太太好奇地看着我们，她没有戴视镜，好险！

凡妮站起来：“亚尼信任你，我不！”

她朝桌面丢下一张10元的钞票，钞票缓缓滑过蜡烛，然后掉落在几秒钟之前她的手放在桌上的位置：“这是给你回你的僵尸国度的车钱。”

她离开餐厅，没有回头看我一眼。

外面狂风暴雨，像电影里一样，我想。当情侣吵架或者分手的时候，总是出现刮着狂风、下着倾盆大雨的景象，动画机的喷雾也总是让房间里充满潮湿的空气。

真正的雨打在皮肤上，感觉是不同的。等我找到一辆人力车的时候，从头到脚都湿透了。人力车载我到了主街道后，我决定舍弃出租车。我不想用指纹付钱，不想留下痕迹。凡妮和亚尼已经深深影响到我的决定，虽然我对凡妮而言，只不过是一个书籍毁灭者，而亚尼则想让我的工作永远消失。

在雨中行走一个小时之后，我到达最近的一个磁道列车站。路上我有充分的时间思考，我已经陷入太深了吗？亚尼对超网巨擘的批判，是否已经层层捆绑了我？

不知道他用的到底是什么方法，竟然让我的教授婆婆信服了。而我的教授婆婆可没有那么容易被说服，这个我很清楚。又或者是因为我的手放在凡妮的手上，这是我为什么今天又没有向安全扫描卫队报告的原因吗？

我到家的时候，全身都冻僵了。我直接忽略衣物清净机，穿着衣服站到热水下冲澡，然后才将吸饱了水的衣服脱下。再过两个小时我就得去找佑幼。智慧视镜闪起蓝光，我又错过今天早上的广告了。

“我们很荣幸能不以广告合约的方式，向您提供所有的智慧视镜服务。”温柔的声音告知我。还来不及说什么，我的眼睛就接受了150% 的加成服务费。反正我也没有很在乎，我有别的问题要烦。甚至诺莫斯的电话打来，也无法将我从哀默的状态中解除。“我们小组所有的图书经纪员注意！今天傍晚 17 点集合，在总部召开紧急会议。缺席的人，以后也不用出席了。”

紧急会议

Die Scanner

消失吧！书本

诺莫斯在扫描股份有限公司的排名每况愈下。我在智慧视镜上都可以看到他的评鉴发出警告的闪光，所以他频频召开紧急会议，他小组下的图书经纪员可以追踪到的读者太少。

我和佑幼同时踏进总部，诺莫斯在会议室里投影一张 A 区的地图，地图上标示着一个大圆形的红心靶。地图影像消失，接着的影像是一个提着购物袋的老太太。

“她最后的行踪是在第十四基地被看见。”诺莫斯说。

他将购物袋放大，袋子里最上方是三本书叠在一起。

“一整个星期的业绩分配额都在那个袋子里。”我凑近佑幼的耳朵说。

“我们猜测，她并不居住在 A 区，而是在 C 区的养老院里。”诺莫斯说。

动画机显示她在一个诺帝滋味锭超市连锁店。

“上周我们检视过所有诺帝超级市场传在超网上的影像，”诺莫斯说，“她每天都在那里！ A 区第十四基地。”

佑幼举手：“行动！罗伯和我明天马上过去！”

诺莫斯点头微笑：“难道你们还有别的选择？”

我和佑幼对看一眼，其他人窃窃私语，我们感觉有什么坏事要发生。平常的月会上，照例会奖励诺莫斯小组下成绩最优秀的图书经纪员一笔奖金，但是在紧急会议上，诺莫斯从不会奖励任何人，相反地，业绩最糟的一组还会遭到警告。如果有人连着在两次会议上，在追猎读者方面都毫无战绩，就会被炒鱿鱼。诺莫斯今天晚上发出警告的，居然是我和佑幼，我们两人吃惊不小。

我们尽力隐藏羞愧的情绪，会议结束后，我们还是跟着去了总部顶楼员工餐厅。诺莫斯在头等桌吃饭，头等桌的区域里，桌上的餐巾是彩色的。他和其他小组的领导、经理以及顾问们坐在一起，在那一区有服务人员听你点菜和帮你上菜。

我们图书经纪员则在两个自动贩卖机前大排长龙。黄色那一台会喷出温暾的糖水，棕色那一台吐出的是替代面包滋味锭奶酪夹心。我们端着塑胶杯和盘子去户外的露台。

露台被四米高的薄板围绕着，我和佑幼在塑胶植物丛中找到一个安静的地方。

“老天爷，我们未来几天真的要夹紧屁股苦干了，不能再这样下去了。”佑幼说。

我点点头。

我们从顶楼往下看，视线的尽头是无尽的天际，黑灰的云块从C区飘过来，经过B区，然后在A区上空扩散。这是老问题了，领区政府刚刚颁布了一些法规，以对付这些污染。

在城里只允许开电动车，很多人却不遵守。不知何时开始，不需依赖法规，问题就自动迎刃而解了，很简单，因为燃料绝迹了。但是污染的黑云却没有就此消失，住在C区的人仍然焚烧他们的垃圾，用以烧洗澡水或者取暖。

几个图书经纪员坐在角落的一张桌子旁边，我们走过去加入他们。所有的图书经纪员使用娜朵儿时，都是躲在这个角落，只有一个人例外，那就是我，因为每当这样的夜晚，我就得照看佑幼免得他出事儿，然后还得将佑幼架上出租车，告诉出租车司机他家的地址。朋友之间就该这样，不是吗？反正下了班之后，我也没有别的事要做。

娜朵儿

集会的最新议题，就是刚才的紧急会议。诺莫斯征得大家的同意后，在室内投影那些被拍到的读者的有趣片段。几个图书经纪员重复诺莫斯的问题：“你们认识那个人吗？”

“谁曾经见过那个女人？”

尤其是某一段 2 分钟的影片，影片里有一对正在阅读的年轻情侣，成了大家轻松谈笑的话题。

“真是激情四射。”有人评论道。

佑幼已经使用了两片娜朵儿，有点儿口齿不清地说：“他们把爱情故事当成操作手册来读了！”

在场所有的人都大笑出声，我费力挤动脸上的肌肉以形成一个笑容。为什么正好是佑幼说出这么粗俗的话？我的好朋友，爱一个女人爱得死去活来，却从未真正见过她。

在我眼中，影片里正在阅读的情侣完全不是他们取笑的那个样子。他们面对面地坐在一个很热闹的咖啡馆中，周围的人都戴着智慧视镜在观看视镜里面的东西，跟着视镜里的游戏扭动头部，伸手去挡视镜里飞来的东西，或者握着太阳能航舰的方向盘，航行在鲜绿的云层里。

咖啡馆里还有些人通过视镜打电话，并随着对话在空中挥动手势。一个胖男孩与这对情侣坐在同一张桌子旁边，他的头往肩膀的方向歪垂着，嘴巴大张，不是在看一部紧张刺激的电影，就是睡着了。

那两个读者则完全不受周围环境的影响，他们的手在桌子中间相触，他的手搭在她的手上。手中流动的暖流，我很清楚这种感受，但是我的腹部却因为磁道列车骤停而发生痉挛，列车重新发动，又乍然停住，我觉得仿佛天翻地覆，好想念凡妮。

凡妮想要的，就是这样的一个伴侣吗？有书，没有视镜？咖啡馆里所有的人都仿佛是我的化身，身体抽搐、两眼无神、满嘴胡话。唯一不像我的人，就是那个捧着书的年轻人。我真的恋爱了，爱得毫无希望。

佑幼说到凡妮所属的图书互助协会，对其精神导师亚尼 · 贝格曼的评语，把我带回到现实中的露台上。

“还有那个老人。”佑幼“咿呀”很大一声，大到员工餐厅里的自动贩卖机那里都可以听到他的声音。

“他还长着像公园殿堂原始丛林主题馆里的猴子那样茂盛的毛发。”一个女图书经纪员说。

诺莫斯放的是亚尼和我坐在磁道列车上的影像。当亚尼沿着过道朝厕所走去的时候，诺莫斯望着我。亚尼马上就要在厕所里写下邀请我去 C 区的留言，但是除了我之外并没有其他人知道。更正，除了我和亚尼。诺莫斯知道了吗？我感到一阵恐惧。

影片里只能看到亚尼在车厢里和我说话，声音却一直是低沉的“呜呜呜”声，扫描股份有限公司的技术人员无法提取出更多。我们所看的影片，是那个乞丐用他有故障的智慧视镜所拍的。动画机将信号转换后，变成了闪烁不定的黑白片子。

诺莫斯在紧急会议上，当着所有人的面盘问我。

“那个恐怖分子跟你说了什么秘密？”

“他说——”我拉长声音，为了多争取几秒钟的时间。

我想起汤玛斯，那个作家。我想，我必须编出一个好故事，所以我让想象力天马行空地到处兜转。

“嗯，就是……他说他的祖父有多么疯狂，老是不停地送书给他。他祖父的烟斗上，没有警告标语。抽烟跟送书，就是他生命的全部，他还啰嗦了一堆话，内容是有关一本书的。反正就是一些有的没的。”

“哪一本书？”诺莫斯追问。

我得赶快想出什么来。

“《老人与海》。”

紧急会议结束之后，当所有的人都起身去员工餐厅时，诺莫斯把我叫了过去。

“你不觉得奇怪吗？”他问。

“什么意思？”

“《老人与海》！”

“什么地方奇怪呢？”

“这不是你和佑幼最后扫描的那本书吗？”

我哑口无言，他当然知道这本书。

“扫描这本书之前，你们还在独桅帆船餐厅吃饭。”诺莫斯说，“没有鱼的鱼汤，在公园殿堂里，你忘记了吗？”

“这个海明威一定是很受欢迎的作家。”我说。

“总之，跟你的智慧视镜受欢迎的程度比较起来，刚好相反。”

我从没有像此刻这样流了这么多汗。

“我的视镜几乎都联络不上你。你最近似乎很喜欢出门不戴视镜。”

我想起跟佑幼说的那个故事，我最好也说同一个故事，诺莫斯等会儿一定会去问佑幼。

“我在 C 区交了一个女朋友，她不想和视镜……”

“这件事我在你的超网个人资料上怎么没看见，你的状态上写的还是单身。”

“我们才刚刚开始……”

“你们开始之前都不先去做个测验的吗？女朋友？就你的财务状况？真有勇气，跟你一点儿都不像。”

“就是因为这样，我们见面才不戴智慧视镜，这样在做测验之前，我们交往的事就不会有人知道……”

诺莫斯挥手打断我的话，很明显，他对一切了如指掌。我战战兢兢地等着，毕竟安全扫描卫队随时都有可能冲进来。但情况与此相反，他抓住我的手臂，把我拉近。

“50万是很大的数目，”他低声耳语，“就算是除以二，还是很多。”

他先指指自己，再指着我。

露台上烟雾弥漫，同事们紧抓着我和亚尼的影片不肯松手。

“喂，罗伯，跟这只毛发披背的野兽一起关在笼子里滋味如何？”一个同事发问。

所有的人都看向我，期待我说出什么惊人的谑语。

“有些人看起来像猴子，有些人说起话来像猴子。”我说这番话的同时，自己也感到很惊讶。没有人笑，发问的那位同事站起来。

佑幼虽然已经站得不太稳，还是非常勇敢地挡在我前面。他就是权威，原因很简单，是他冒险从C区替大家弄到娜朵儿并偷偷带回来的。

佑幼轻轻地把我推离人群，我们走到露台另一端的一张桌边，这才站定。

“罗伯，发生了什么事？”

他的声音听起来像是整包口香糖都黏在牙齿间。

你……怎么……了？

我全身颤抖，仍然激动不已。佑幼一屁股坐在桌上，身体微向前倾。

“跟美莉的会面真是糟到不能再糟，什么狗屁和解！”佑幼嘟囔着。

什么……和解。

他开始述说自己的麻烦，我松了一口气。我试着让他相信，我有多么为他感到难过。他摇摇头："算了算了，她只会哭。美莉认为，远距离恋爱，沟通真的很困难。"

他停顿了一下。

"奇怪的是，我们不是一直在沟通吗？"

一直……在沟通……

我把佑幼与美莉的恋情称为智慧视镜恋爱。远距离恋爱听起来是A区第五基地与B区第十八基地之间的恋爱，但是绝不是不同"城市"之间。

很遗憾，美莉就是居住在另一个疏散城区，换句话说，另外一个"城市"。而太阳能航舰的票几乎没有人能付得起，领区管理处也只发给商人出差用的出入境许可。

佑幼的爱情关系，不论它有什么名字，其实从一开始就注定会失败，这是我的看法。但是我这没谈过恋爱的单身汉的意见，怎么可能说给佑幼听。即使现在我在他眼里已经不是单身了。

在扫描股份有限公司顶楼这空气新鲜的露台上，我不禁陷入沉思。

"美莉最后还是会回心转意的，"佑幼说，然后拍拍我的肩，"你呢？你和那个看护小姐进行得如何？"他问。

他不再口齿不清了，但却眼睛浮肿。我难过地摇摇头，抬头仰望暗绿色的云朵。

佑幼躺倒在桌上，手肘撑着头。我很清楚这个姿势代表什么，20分钟之内他便会睡得不省人事。通常这就是我戴上视镜说“视镜，联络，出租车中心，第五基地”的时候。

我迅速朝佑幼身后的员工餐厅里看了一眼，诺莫斯和穿西装的一伙人，仍然坐在灯火通明的室内。他们对我们丝毫不感兴趣。

最近发生的事情都不如人意，我感到心烦意乱。最终，我决定找佑幼要点儿娜朵儿来排解一下坏情绪。

“那个给我一点儿。”我说。

什么都没问，佑幼伸手去掏夹克的口袋。他拿出一点儿娜朵儿递给我。

“慢一点儿，知道吗？这个东西的后劲儿很强，而且每个人受影响的程度不同。”

我按照佑幼的指示来使用。我已经做好心理准备：需要等待半个小时，药物才开始起作用。

我立刻感到后悔，因为不到半分钟，我的两个鼻孔都流出血来，头痛欲裂。我的痛苦像是十个小时之前，在磁道列车上的腹痛一样。

我在厕所里醒过来的时候，上衣沾满血，我躺在厕所隔间里的地板上，门是半掩的。我伸手摸摸我的光头，摸到一头冷汗。我试着想要回忆，却只对露台、佑幼以及娜朵儿还有印象。我恶心想吐，需要新鲜的空气。我扶着马桶盖，费力地想站起身，这时，我听见诺莫斯和另一个人说话的声音。他们应该是站在洗手池旁边。

“我不会合作的！不管这是不是规定的目标，我不要业绩配额总可以吧！”诺莫斯说。

他听起来很激动。

“你别无选择！你是核心小组的一员，和我一样。”

我无法将这个声音归类到某人身上。

“我可不接受威胁，我只要打一个智慧视镜电话，就可以在别的部门得到一个新职位，终身职外加全额退休奖金。”诺莫斯说。

“别做梦了，所有部门都是站在我们这边的。”

“你们要做的事，简直是疯了！我不干！”诺莫斯说。

“太迟了，明天正午 12 点就会发生了。”

听到这句话，诺莫斯的反应更是激烈。

“你们大家都疯了吗?！这是犯法的。”

“如果超网巨擘的最大目标不能完成，这才是犯法！我们公司处事以营利为宗旨，你忘了吗？”

两人之中有一个人开了厕所的门，然后门被重重甩上。另一个人来来回回地踱步。有某一刻，我以为他就要停在我这间厕所的门口了。我的门并没有上锁，所以他们可能猜想，除了他们，没有别人在这里。终于，脚步声远离了。

我继续躺在地上有一刻钟之久，然后我才敢起身重回露台。桌椅零散地分布在塑胶绿丛之间。

佑幼无影无踪，其他人也是，室内头等区的灯也都熄了。员工餐厅的主区坐着一桌我不认识的同事，他们汲着一杯不知道是什么滋味锭的饮料。应该是夜班的同事，大概是吧，超网巨擘是不打烊的。

我绝对不想撞见诺莫斯，所以选择走楼梯。我跌跌撞撞地走下楼，身体活动驱散了娜朵儿引起的不适，终于，我到了大楼外面，疼痛和恶心都消失了。我戴上智慧视镜，发现23通未接来电，都是佑幼打来的。视镜上显示现在是凌晨3点，我不想吵醒他。他现在一定是一睡解千愁。而我现在需要的是时段很早的早餐、干净的上衣以及我的床。

10点的时候，我被佑幼叫醒。我在一家二十四小时商店找到一件很便宜的上衣，然后坐进一家快餐店，吃了两份蓬松、半温不热的汉堡后，终于回到家。连衣服都来不及脱，倒在床上就睡着了。

“你昨天怎么那么早就离开了？”佑幼活力充沛地说。

“我没有走很远。”

“多远？”

“员工餐厅的厕所。”

他大笑起来，说让我再睡两个小时。

我却再也无法合眼，满脑子想的都是昨天晚上。当我想起诺莫斯和另一个不认识的人的对话时，我惊讶得从床上跳起。诺莫斯和那个人说什么正午12点。哪一天的正午？

不管要发生的是什么事，有一件事是清楚的：诺莫斯不愿意参加。

我实在想象不出，超网巨擘的什么决定会是诺莫斯不想参与的。这件事情怎么会机密到他们的谈话必须在智慧视镜无法监视的地方进行？我无法理清这所有的一切。

我瞪着房间一角发呆的时候，佑幼又打来了：“坐稳了！”

通常这句话后面会转接佑幼在超网上订阅的一段影片。

“我们小组有新主管了。”佑幼告诉我。

“你开玩笑吧？”

“不是，我没在开玩笑。”

佑幼的声音异常严肃，我又从床上坐起来。

“诺莫斯今天在上班途中出车祸了。”

我的脑袋里有什么在剧烈地撞击着，娜朵儿回神儿了。

“他被车撞了，听说是当场死亡。你可以在超网急诊影片……”

“不用了，谢谢。”

“或者焚化炉影片……”

“不用！”我大声阻止。

“警察还在追查撞死他的司机，那个肇事者逃跑了。”

这些都是佑幼从程序设计部门的朋友那里得知的，他告诉我这个朋友已经在着手剪辑追思影片了。

“我们可以在我家看几部电影，分散一下注意力。”佑幼建议。

他的想法是，我们也不需要做些什么，诺莫斯和我们并不是很亲近。

“然后我们还是要想一想我们的指定业绩，毕竟我们已经被警告了，你知道的。”

是啊，我知道。但是我昨天晚上在厕所意外听到诺莫斯与他人的谈话，而现在又得知了诺莫斯死亡的消息，我必须和某人会谈，而我的会谈对象不会是佑幼。我脑中的人选是亚尼 · 贝格曼，这个老人说的故事要成真了！

我离开房间的时候，智慧视镜发出声音，佑幼打电话来了。我刚刚才把视镜丢到床上，在去找亚尼的路途上，我不想带着它。

“佑幼转来一段新影像。”视镜温柔的声音通知我。我坐在床沿，打开佑幼转发的影片。我将要看到的是公司发布的诺莫斯追思影片，通知大家诺莫斯的车祸死讯。经过昨夜在总部的经历，车祸是真是假我很怀疑。

诺莫斯对超网巨擘的政策全面地支持，他是公司的元老之一。他夜以继日地为公司工作，我们有问题的话，早晨六点就可以在办公室找到他，听说他很少在午夜之前离开办公室。

他每天都要我们发简报，不管我们多早开始，或者多晚结束。对我来说，诺莫斯在公司的地位，就像亚尼在图书互助协会的地位。这也是为什么我不能理解昨晚在厕所听到的对话，是什么让一向无所顾忌的诺莫斯突然有了顾忌？

我希望亚尼能解释这一切，至少从他的视角来解释，我猜这跟第五基地的电子攻击有关系。我去 C 区的行程可以延后，我想先看看追思影片在追思什么：“视镜，佑幼的影片，开始。”

影片一开始是铺着蓝色床单的床垫，这绝不是由公司制作的追思影片。影像有些不对焦，是业余者拍的。对这种影片我总是很敏感，不管是谁用他的智慧视镜拍的，他都罔顾取镜和光圈。

画面里只有一个电子蜡烛在地上闪烁着。

一个女人走入镜头，她的手挽着一个男人。两个人都是赤裸的！

佑幼转这个给我做什么？

几秒钟之后我恍然大悟，那个没穿衣服的男子开口叫那个女子美莉。

“视镜，佑幼的影片，停止。”

美莉？我让影片重新播放，真的，是美莉。因为影片的画质，我第一次没认出她来。我都看过十几部佑幼转发过来的有关她的影像了，美莉在诺帝超级市场采购、美莉整理她的房间、美莉在浴室剃眉毛，美莉做这个，美莉做那个。现在的影片是，美莉和另一个年轻男子在床上！

佑幼把这段影片发给他全部的 19000 个好友。这里面有 250 个人把它公开在超网上。佑幼拿到这段影片多久了？我们几个小时前的对话里，我根本没有察觉到他有什么不对劲儿。超网上立即有评论出现，我一个都没点开。佑幼一定在等我，他需要我，不是在超网上的我，而是真实的我。

“视镜，联络，佑幼。”在去找佑幼的路上，我给智慧视镜下达这个指令肯定有十几次。

没有结果。我眼前一直出现的，是眉开眼笑的佑幼，伴着几个电影明星（**水男 20** 的全部卡司）翩翩起舞，而这群人中间是一团营火。这是一个超网巨擘的同事帮佑幼编写的“不在”动画。

在我的视镜里，这不是做的动画，而是真的摄像。

我在公园殿堂里盐海的表面上漂浮，拿着视镜的手臂尽可能地伸长，在大水坝前录下我自己。

佑幼设置在视镜上的“不在”动画如果播放，只可能在两种情形下，不是跟我一起在追猎读者，就是在绿洲玩角色扮演。除开这两种情形，他从来不会“不在”。我必须去一趟绿洲，佑幼像是我的兄弟一样，一胎政策之前的兄弟之情，应该就是这种感觉。我们一起长大，有的时候我甚至觉得我们两个是连体双胞胎。

经过半个小时的出租车车程后，我抵达绿洲。虽然我的账户灾难性地收支失衡，但是我实在没有精力去坐会催吐的磁道列车。

这家店是我们城里的第一家互动电影馆。佑幼如果想要逃离现实两个小时，他喜欢来这里，在随便哪一部电影扮演一角。

“在绿洲使用娜朵儿，玩一局电影角色扮演，问题就会自己消失无踪了。”这是他的口头禅。

我在入口破旧的红毯上奔跑，等候室里镜子与金属组合的装潢风格已经过时，但是与电影互动的科技还是非常吸引人。一部电影里面最多甚至可以挤进去 4 个人。

佑幼每一个月会请我玩一次，我自己出不起这个费用。我们戴上沉重的视镜加级头盔，穿上手臂、胸、背、腿上布满感应器的衣服。我和佑幼分别在不同的房间里，可动地板能够感应脚步、跳跃以及摔落的动作。

我们演出的最后一部电影是警匪片，我演坏人，佑幼是警察那一边的人。讽刺的是，佑幼在片中居然要追踪、抓捕走私娜朵儿的集团，而我则是走私集团的首领。电影的结尾追捕片段，我们设置在 C 区的工业区，每个人手上有一支电子手枪。电子手枪绝对是每家互动电影馆一定要有存货的商品。这种手枪里的电流量其实非常小，没有心脏病或者类似毛病的人都可以玩，就是到最后会有点儿疼而已。

佑幼，正义的独狼，最终得到大批警力和安全扫描卫队的支援，他们对我拳打脚踢，把我制伏，将我就地正法。我和佑幼大汗淋漓，尽兴离去。

“你的命运从一开始程序就帮你设计好了！”我对佑幼说。

“电影里一向都是如此，正义会取得最后的胜利，是你自己执意要演坏人的！”

我飞奔至绿洲的售票柜台，出租车等在入口破烂的红毯前。

“你们现在有什么电影在上映吗？”我问坐在柜台后的售票员。

她摇头：“下一部动画片一个钟头以后才开始。”

“前一部互动演出的是什么人？”我问。

“有 3 个人，演了一场星舰大屠杀。他们遇上太空僵尸，僵尸爱上外星人……”

“互动的人几岁？”

“大概 9 岁吧！”

佑幼不在绿洲，我现在确定。

出租车载我去了佑幼住的地方，佑幼没来开门。他不是在熟睡中，就是外出还没有回来。我在门上按下指纹。“吱”，佑幼在家居计算机上把我设置为同居人。

灯亮了，我最喜欢的**走啦走啦－ 22** 团体的歌从喇叭里爆出，主唱华德曼英雄般棱角分明的嗓音欢迎我进门。

“嗨，罗伯，稀客稀客！”

“佑幼去哪儿了？”我问。

“滋味锭柜格是空的。你饿了吗？”

看样子**走啦走啦－ 22** 唱得太大声，华德曼混淆了。我直接站到家居计算机的架子前面。

“佑幼在哪里？”

“诺帝超级市场最新特价：滋味锭组合优惠，买二送一！下单购买吗？保证 2 小时 10 分钟内运送到家。你的香料柜格里马上应有尽有。我们的建议……”

“佑幼在哪里！”我大叫。

“他在这里。”华德曼若无其事地回应。

“在房子里？”我问。

“是的，佑幼在客厅里。诺帝超市最新优惠，超级组合……”

佑幼竟躺在沙发上，我很生气，因为我真的很担心他，他却在这里呼呼大睡！

“早安！”我大叫道，“嘿，老伴！我以为你发生什么蠢事，担心得要死，结果你……”

没有反应。

只有**走啦走啦**－22 还在嘶吼。

一件蓝色毛衣以及三盒娜朵儿放在桌上。

“佑幼！”我大声喊叫，拼命摇他。

我感觉不到他的脉搏，一直叫他的名字。我的智慧视镜放在家里，本来计划找到佑幼后，直接去找亚尼。我捡起地上佑幼的视镜，开机。他的密码我知道——美莉，不然呢！

“95% 是娜朵儿使用过量。”15 分钟后急救医师的注射器这么说。

其实是注射器上的显示器写的。我读遍所有的数值，还是什么都无法明白，我本来对医学就一窍不通。每五年我就躺进一筒大管子里，出来后医生就会告诉我，我的健康状况如何如何，就这样。

跟着急救医生来的，还有两个警察，一胖一瘦。

“他起码去得安详满足。”大个儿的警察故意提高音量让我听见。

两个警察随即在佑幼家的客厅里开始问话。我还无法反应过来，简直没有办法专心在问题上。

“你跟这个人是在哪里认识的？”

我的眼里开始蓄积泪水。

“为什么你有权限进入他的住处？”

公园殿堂整片盐海都进入我的眼睛。

“他的娜朵儿是跟谁买的？”

我现在最想做的，就是在这片盐海里淹死我自己。

“他买娜朵儿的钱是哪里来的？”

我渴望投进凡妮的怀里，现在，马上。

“你也使用娜朵儿吗？”

一起淹死。

因为我什么都无法回答，胖警察伸手来搜查，他翻查我的夹克口袋。

“他连智慧视镜都没有带在身上！”

胖警察紧皱眉头，没有视镜这件事显然让我更加可疑。急救医生也靠过来要抽我的血，我一声不吭地把手臂伸直给他。

“过去二十四个小时内使用过娜朵儿的可能性是 100%。”注射器显示诊察结果。

高瘦的警察对我笑了笑，朝胖警察点点头。

“现在可以说实话了吧？事情的经过到底是怎样的？你是在哪里认识这个人的？”

所有的问题又从头来一次，我把超网上的个人资料叫出来，让他们埋头研究，直到健康局的两个女职员按铃。身穿蓝色制服的她们，把佑幼抬进火化尸体的车里。

“一定要现在就烧吗？”我问。

“没听过卫生法令吗？”胖警察说。

“当然，但是……”

“法令没有但是。”高瘦警察说。

火化后不久，佑幼的父母到了。他们眼里含着泪，过来拥抱我。他们把我紧紧搂在怀里，似乎不想再放开，我的盐海终于也决堤了。

佑幼父母的在场，软化了警察二人组，使用娜朵儿的我也仅仅得到一个警告。毕竟，在我身上并没有搜出娜朵儿，所以他们也不能把我怎么样。警察检查佑幼智慧视镜上的记录，房子里监视器的影片里只出现过他和他的娜朵儿。

“没有犯罪的迹象。”高瘦的警察说。

这件案子对他们来说，调查到此完结。他们告知佑幼的母亲，佑幼的骨灰会被送到哪座告别仪式大楼及大楼地址。佑幼的父母开着他们的小电子车，把我送到下一个磁道列车站。告别拖得很长，他们告诉我，明天佑幼的告别仪式预定在几点举行。根据卫生法令，从火化到告别仪式，他们只有一天的时间。

坐在磁道列车里，我苦苦思索且无法自拔。佑幼真的是不小心服用过量吗？他不是一个会轻言放弃的人，绝不是那种会因为美莉所做的事情就想不开的人。而且为什么佑幼偏偏紧接着在诺莫斯之后出事？佑幼有什么秘密瞒着我吗？假设诺莫斯和佑幼在某种名单上，我的名字也在这份名单上吗？

我不能马上就去找亚尼，我需要先单独在家安静几个小时。如果这几天是我这辈子过得最刺激的几天，那么今天就是我最悲伤的一天。

我在智慧视镜里搜寻有佑幼身影的录像。“十五年来的资料，包括广告。”视镜里的声音说，“其中十二年公开在超网上，三年是私人收藏。”

我一秒钟都不想看，但是我要把三年私人收藏的影像资料传到佑幼父母的智慧视镜上，还是应该怎么做？

我想到了。我把智慧视镜基地台从墙上的架子里扯下来，然后通过视镜联系了快递服务。20分钟之后，快递服务人员来到了我家门口。

“真是帅气的电子双轮车。”我告诉司机，他大概跟我差不多的年纪。也许他能给我一些折扣，我破产了。

“谢谢，只是这款黑色的很少有人会喜欢。”

“对哦，在马路上很容易被忽略。黄色的比较好吗？”

“红色！”他说。

我交给他我的智慧视镜基地台并附上佑幼父母的地址，然后想去按他方向盘上银色的收款机。

“不需要。”司机说。

“为什么？”我惊呼，几乎以为他是亚尼的同伙，毕竟他们的党羽无所不在。

“你的眼睛已经付了款。”

“我付了多少钱？”

“你的智慧视镜上没有显示吗？”

“没有注意，我只看见你的电子双轮车。”

他开车离开，我走进房间。动画机投射出一个来自家居计算机的广告。跟视镜的广告合约相反，到目前为止，动画机还没有警告过我。

一辆红色的电子双轮车从我的房间呼啸而过，车上的金属闪着动人的光泽，而且闻起来有新鲜的清洁剂香味。

“给单身贵族量身订制的单人座！”第八基地那个似乎以为天天都是周末的电子车推销员说。他把电子双轮车往旁边一推。“你太常坐出租车了，罗伯！这一辆电子双轮车可以帮你节省很多钱，而且你……”

推销员无法再继续啰唆，我双手抓住动画机，将它拉往房间的另一端，直到它的电线被扯断。怀着满腔怒火，我重重地把它往墙上扔。154 期贷款还未付清，我就将它摔得稀巴烂。

“视镜，联络方，家居计算机。”视镜柔和的声音说。

“接通！”

“哈哈哈喽，这里是家居计算机中心。”家居计算机的人愉悦的声音响起，“我们这边有一个故障显示。”

我戴着智慧视镜带他看动画机剩余的残片，没有说话。

家居计算机中心的人似乎慢慢看明白了，地板上的烂铜废铁在几分钟前是一台家居计算机动画机。他继续严肃地进行他的客服对话，“看起来像是完全坏了，动画机发生了什么事吗？我们要如何为你服务？”

我把智慧视镜摔到地上，跑进浴室，打开洗手池的水龙头，让冷水流出，将头埋进水里。视镜、动画机，这些东西有什么用？佑幼不在了，这些东西一点儿意义都没有。所有的一切都错得离谱！我抬起头，深深吸进一口气。

水流溢出洗手池，淹没浴室的地面。1 分钟后，水浸软了房间里的塑料地板，一个家居计算机的感应器发出尖锐的警报声。

家居计算机是受家庭智慧视镜基地台所控制的，当我的视镜发出大过感应器尖锐警报的声响的时候，我正要到一楼控制室查看。视镜声音的大小会随着环境的声响自动调整。一般而言这个功能非常实用，但是今天却让我心烦意乱。

“视镜，联络方，不明。”不是家居计算机中心的人，这点是确定的。我把头浸在冷水里的时候，发誓永远不再碰智慧视镜，但仍敌不过好奇心的驱使，每次都是这样，我又拿起视镜。

视镜里显示一个到处都是计算机零件的房间，差不多就像佑幼的房间。我听见一个跟我差不多年纪的女孩儿，为了盖过感应器的警铃，正在使尽全力大叫着。

“我在跟罗伯说话吗？”

我没说话，她继续以同样的高分贝大喊。

“我们还未说过话，是佑幼把你的超网个人资料给我看的。”

“你是谁？”我问。

“美莉。”

我的声带一紧，喉咙里有一个结。

“我联络不上佑幼，很担心。”

我又哭了，但是她很明显听不见我的哭声。

“发生了一件意外，我的视镜基地台有点儿故障，它未经我的授权，上传了我的一些私人影片。影片里有一段，是两年前录的，我和我的前男友，那是在我认识佑幼前，也是在和佑幼在一起之前……喂，你在哭吗？”

我泣不成声，没有办法回答。

“这段影片真是让我太尴尬了，希望佑幼不要以为……”

我扯下脸上的智慧视镜，把它朝洗手池扔去。它飞过门槛，落在浴室潮湿的地板上。**“水男 25，我在超网上无所不在。”**水男跟警铃对杠。

智慧视镜没有那么容易毁损，这个我知道。但是它也不是金刚不坏之身，我把它按进蓄满水的洗手池里，直压到底。我紧压着它不放，拿出来以后，**水男 25** 终于不再出声。我再次把它扔到坚硬的地板上，捡起来，再扔！再扔！再扔！直到智慧视镜成为十几个碎片躺在地上。我把碎片捡起来，捧到浴室看了一下，然后全部丢进马桶冲掉。

我把房间和浴室地板下以及墙里的感应器全拉了出来，把天花板上的机盒连同螺丝钉一起扯下，信号声沉寂了。我感到一阵晕眩，影像和声音不断钻进我的脑中。我以为，我会就这样倒下，永远不用再站起来。

真是太扯了，我对自己说。

然后，我居然就真的晕倒了。

这是我这辈子第二次晕倒，我还梦见我第一次晕倒的情形。我们那时在绿洲庆祝佑幼的生日，上映的互动电影是一部真正的惊悚片。

记得我们的太阳能航舰坠机，掉在离城市非常遥远的污染区，那里住着可怕的生化怪兽。我们必须时时和这些恐怖的生物对抗，结尾的时候，我和佑幼走散了，而我被蛇头狼身的怪兽包围。我拿着电子枪疯狂地朝周围扫射，但是一点儿突围的机会都没有。

“登出！”我一直不断地大叫，动画机却毫无反应，它不知道哪里出故障了。绿洲的工作人员没有发现，没有人来帮我把感应装备衣脱掉，把沉重的互动视镜头盔脱掉，动画机一直不停地演下去。

我终于撑不下去了，电子枪脱手，狼群围上来，蛇咬遍我全身，咬一口就是受到一次电击，我被一次又一次地电击。就是这次我知道，就算电击的电流量非常小，几百次之后也是会疼死人的。

我自己没办法把视镜从头上拿下来，我闭上眼睛，昏倒在地上。绿洲的一个工作人员以及佑幼在电影结束之后进来找我，才发现我倒在地板上。我躺在自己的屎尿里，毫无知觉。我和佑幼从此没有再提起过这件事。从这次以后，我每次进去玩，一定要求绿洲的工作人员先测试登出的功能。

今天晚上在我如水灾现场一般的房间里，我也很想大喊大叫。但是我现在并不是在电影里，这里是我真实的生活，我刚刚完全失控的生活。我必须找人说一说，但是找谁？我父亲刚上完夜班回来，正在睡觉。他从来不听我倾诉。

我去敲母亲工作室的门，虽然没有反应，我还是推门踏进母亲小得不能再小的工作间。

“……开会的时候说得很清楚，我们通知顾问……”她还不知道佑幼的死讯，我等着，她却继续讲她的电话。

“佑幼死了。”我插入她的电话对话中说。

她迅速地抬头看我一下，摇摇头：“等下再说！”我转身。

“你在房间里吵什么？吵死了，很烦啊！”她说。我离开她的工作间，没有再说一句话。

在计算机主机间里，我狠狠地踢了两脚家庭智慧视镜基地台，警铃沉默下来。

我最终还是要去 C 区，去东港养老院。在那个咖啡馆墙后某个密室里有我可以说话的人，我如果不想疯掉的话，必须去找他们。

根据诺莫斯的话，12 点整会发生某件我并不知道细节的事。亚尼一定知道超网巨擘到底在策划什么。虽然我猜想他恐怕连一丁点儿内情都不想让我知道，但是还是值得一试。

佑幼死了。

我的灵魂从此不完整了。

书 店

Die Scanner
消失吧！书本

汤玛斯在梯子的另一端迎接我，不知为何，我越来越喜欢他。

“你来得真巧，正好赶上送别会。”他说。

“送别？送谁？为什么？”

汤玛斯不回答。他拿着手电筒在前面引导我通过黝黑的通道进入仓库。我已经很习惯图书互助协会里这些密室了。

这个空间我几乎认不出来了，有大约 30 个人或站或坐地围着一张长桌。他们似乎每个人都带了东西来。我把三个巧克力蛋糕交给汤玛斯。东港养老院接待我的那个服务员，这次似乎睡眠充足且精神饱满，他没有收下蛋糕，而是直接送我到厕所里的楼梯前。

烛火摇曳，四壁萧索的空间因为烛火而温暖了起来。由于四处都没看到凡妮和我的教授婆婆，我很失望，今天我真的很需要凡妮。她一定会想把她的手覆盖在我的手上，即使只是因为同情我。她知道，佑幼对我有多大的意义。

我发现亚尼正在和两个与我年纪差不多的年轻人激烈辩论。有那么一瞬间，我感到嫉妒，没有人多看我一眼，所有的人似乎都沉浸在某个对话里。当然没有人戴着智慧视镜，也理所当然的是，我是唯一的光头。

汤玛斯看着我的脸：“你没有庆祝的心情！”我无言，而这对他来说已经是答案。

“跟我来。”他挽住我的手臂说。他把我带到一道门前。我真的很感激他，因为现在不管是与一群人待在一起，还是庆祝会，我都没有心情。为什么我今天晚上还来找亚尼，唯一的原因就是关于 12 点的那件事。我当然也希望凡妮可以与我和好。

汤玛斯把我带到隔壁一个黑暗的房间。他轻轻地在身后带上门，让我一个人留在里面。我等待着，同时听到隔壁各式各样的声音。我缓慢地、深深地吸了一口气。

门开了，我没有转身去看，只感觉到一只温暖的手搭在我的肩上，会是凡妮吗?

“佑幼的事，我深感遗憾。”亚尼说。

听到的是亚尼的声音，倒也很好。

“两个小时之前，超网新闻发出一条有关你朋友的不幸的报道。”亚尼说道。

“报道怎么说？”

“女朋友劈腿，年轻男子轻生。”

“美莉的那部影片是一年半前的旧片，她的智慧视镜基地台出了问题，而且佑幼也不会因为这样就……”

我结结巴巴，呜咽地哭泣。自从亚尼在磁道列车里找上我之后，我就像一条河一般，眼泪没有干过。

“超网上不会有事实。”亚尼说。

不能有批评超网、批评智慧视镜、批评家居计算机、批评扫描股份有限公司的字句，这是超网巨擘集团不成文的规定。

“了解。”我说，虽然我什么都不清楚。

“这样也不错了。”

实际上，我什么都不想知道了，我只想要见到凡妮，拥抱凡妮，然后继续哭泣。

“根据超网的报道，佑幼的身份不只是扫描股份有限公司的图书经纪员。”

“而是？”

“超网说他是图书互助协会的一员，还帮助互助协会做电子恐怖攻击的准备工作。”

几秒钟过去。

“然而我们没有发动恐怖攻击，佑幼也不曾来过。”

我瞪着黑暗，新闻标题像跑马灯般在我脑中闪过。佑幼，恐怖分子。怎么可能！佑幼的父母一定也已经看到报道，可怜的他们一定十分疑惑，这会给他们带来怎样的伤害。超网新闻怎么可以这样睁眼说瞎话！

“超网新闻不只免费，也早就将所有旧式白纸黑字的杂志与报纸收拾殆尽。”我的教授婆婆那时在上古人文学的课堂上解释过。这个议题并不在课程计划上，但是她还是照讲不误。

长话短说：印刷出版的读物，读者越来越少。没有人想要付钱给网络新闻这样的媒体，而超网上的信息是免费的！随时随地都可阅读。

早先我的父母在计算机机房的抽屉里还留有几份旧报纸，我开始当图书经纪员的时候，父亲把这些纸张给了我，让我上交诺莫斯。诺莫斯把这些报纸继续传递到报纸部门。用这些报纸得到的奖金，我们清偿了新买的滋味锭柜格的贷款。

我很清楚地记得，当时我看着这些页面，心里在想：谁有这么多的工夫自愿写这么多文字？而且还每天做！人们为什么要掏钱买这些？难怪出版社都破产了。

亚尼和我一言不发地在黑暗中站了几分钟，我试着从混杂的声音中，分辨出凡妮的声音。

“这个和大爆炸有什么关系？”我问。

“我们有些人冒着生命危险，只为了能够得到超网巨擘计划的信息。”亚尼说。我很清楚，问他这个是没有用的。

“你有兴趣来我的书店里转一转吗？也许能够排解你的情绪。”

“你卖些什么东西？”我问。

亚尼按下开关，灯亮。我们站在一个像大厅那么大的地方，有错综复杂的隔间，大约五米高的天花板。我们的周围到处都是书架，每个书架都从地板延伸进天花板。架子上所有的空间都装满了书籍。扫描股份有限公司一定愿意用天价把这些书买下来！我对自己脑中冒出来的想法感到可耻，不敢把它说出来。

“很早以前我在A区第一基地的书店，是有名的书店之一。”亚尼说。

“你曾经是书商？”

“战争之前，我有一家书店，在我的家乡那个城市的南边。然后越来越多的顾客告诉我，超网上的书应有尽有，都是免费的。留下来的顾客对我的照顾一直延续到今天，都没有改变。”

“所有的知识给所有的人！不论何时！完全免费！”我想都没有想，就脱口而出。没办法，这个口号已经深深烙印在我脑海中。

“书我不卖了，反正也没有新书出版。我现在出借这些书，你看到的是这座城市中，最后一个图书馆。”

“一个秘密的图书馆？”

我顺着书架往下走，手指沿着书缘抚过。没有“吱”的声音。这些书寂静无声，又聋又哑，还是它们只是不愿意跟我说话？毕竟我是个猎书的人。

“扫描股份有限公司的手段越来越粗暴，所以我们的读者最好不要曝光。”

亚尼所称的“我们的读者”，我不觉得跟我有任何关系。我这辈子没有读过一本书，不管是印刷形式，还是在超网上。我是扫描者，不是读者。但是这个地方充满神秘，迷住了我。

亚尼伸出手臂，向我介绍他如何建构他的收藏：“这一层的书，都是通俗专业书籍。”我们顺着螺旋梯往下，“这些是小说。”亚尼的收藏绝对可以跟我和佑幼当时去做扫描的区图书馆匹敌，那时候我以为那是最后一座图书馆。

到了小说这一区，我吓了一大跳。楼梯旁边的棕色皮沙发上，坐着一个灰色鬈发的老太太。在这下面，我根本没想到居然有人在。一摞书从地上一直堆到比她的头还高，她前面的一张桌子上，有一盏微弱的灯。

“琳达，你吓死我们了！”

这位老太太对亚尼所说的话，不过微微一笑，继续埋头看书。

“我们从字母排列 B 开始吧，琳达不喜欢被打扰。她看过的书，已经比你现在在这些空间里看到的还多。”

亚尼的下一堂课恐怕要开始了！我果然是对的，亚尼将固定在书架轨道上的梯子拉近，手指向很高的地方。我往字母 B 攀爬，有些书中间夹着塑胶卡片，卡片上有照片和几行文字。

每张照片上我都能发现亚尼的脸，他比现在年轻多了，灰色的长发在照片上是黑的。每张照片上，他的身边都站着一个女人或者一个男人。照片旁边有手写的日期和注记：在图书互助协会的作品朗诵。

“这些人是早期在我的书店里朗诵过他们自己作品的作家。”亚尼说，“即使我的书店正式关门之后，我也还继续举办朗诵会，直到两三年前吧。因为太危险了，我不得不停止。”

我在照片里寻找熟识的脸，但是这些作家我一个都不认识。这些人里，没有人曾经在我房里的动画机投影里出现过。

亚尼带着我在一张桌子旁边坐下，伸手捻开一盏阅读灯。他将几本书都摊开在我们面前的桌上，然后满怀期待地看着我。又一本书被重重地摔在桌上，是刚才的那位灰色鬈发女士扔过来的。

亚尼也被这本书吓得脖子一缩。琳达以责备的眼光注视着亚尼。

“你老是忘记这本！”琳达说。

亚尼翻了翻白眼。

“而且，21 世纪的作品你也全盘忽略！”那位女士继续埋怨。

“琳达！这些可以以后再说吗……”

“反正没有人认识这些作家。”我说。

亚尼点头说：“你也不认识。这些书你一本都不可能在超网上找到！”

“为什么？”

“因为在许多年前，这些作家所提到的商业公司，就是今天这个模样。”琳达说。

“因为他们当时就已经在警告世人！”亚尼补充。

他们两人真的是完美的教师双人组，让人无法抗拒地自以为是。

“因为这样，所以这些书不在超网上？”我问。

“那是当然了。”琳达说。

我尝试弄清楚这一切：“也就是说，如果我扫描桌上这些书……”

“扫描股份有限公司就会高兴得不得了，因为你帮助他们消除并毁灭了这类的作品。”亚尼说。

“你扫描的资料会被扫描股份有限公司删除，而书本身则被焚毁。”

这个指控非常强烈。我从来没有去查看过，反正书本于我如浮云，它们只是我生财的工具，其他什么都不是。我从来没有想过，要以作者的名字或者书的标题在超网上搜寻。何必呢？我想知道的，根本不需要书本来告诉我。我问超网百科，就有正确答案。

“上一次世界大战爆发，是什么日期？”

“十二月五日。”

“谁是始作俑者？”

“南轴心。”

我把其中一本书打开，读了几行。我想继续看下去，但是亚尼把书从我手里拿走，将书合上。

“今天不是读书的时候，明天也不是。但是之后，你就会有很多读书的时间。”

我一个字都不明白他在说什么。但是，我现在想起我来找他的原因。我叙述扫描股份有限公司里的紧急会议给亚尼听，至于使用娜朵儿的事情当然不能告诉他们，但是在厕所里偷听到的，诺莫斯与不知名人士之间的对话，我巨细靡遗地告诉了他。

“12 点的时候要发生某种大事。”我用这句话来结束我的长篇故事。

“日期是明天，我知道。”亚尼说，并且指引我到螺旋梯边，“所以我们今天是在开送别会。”

他又开始说谜语了，总是这样。

我还想问亚尼关于凡妮的事，所以我改变行进方向，往专业书籍区的两张红色沙发那边走去。我思考着，要怎么开口才好。

“凡妮猜想，你可能会来。”

亚尼会读心，还是他只是很了解女人？

“真的？那她人呢？”我问。

“因为你可能会来，所以她说不来参加我们的送别会。”

我吞下一口口水。

“她这样不是很体贴。一定是上次你们见面的时候，你伤她太深。”

我把我和凡妮之间的对话告诉亚尼，亚尼大发雷霆。

“凡妮从小生活在她祖父身边，泡在书堆里长大，是她和我们一起创建了这个图书馆。”

他在一张沙发的扶手上坐下，我在他身边还是站着。

“只要听说有人过世，凡妮的祖父会马上去吊唁，询问过世的人有没有留下任何书籍。这是在扫描股份有限公司插手并用钱收买之前。对某些人来说，书籍不过是一堆旧纸，这些旧纸只会阻碍动画机的投影。”

“那凡妮呢？”

“她是她祖父的秘密读书会的会员。”

“为什么是秘密的？”我问。

“没有听说过烦人的图书经纪员吗？”

我低下头去看地板。

“还有安全扫描卫队，只要图书经纪员一给他们你的地址，他们马上就上门搜索，没听过吗？”

“那读书会的会员是什么？”我转移话题。

“读书会！不分年纪的读者聚在一起，讨论他们正在读的书，交换书看。有些读者也在那边写他们自己的故事，朗诵给其他读者听。”

我又认识了一个新的世界。凡妮的读书会，亚尼也有参加。他们和亚尼就是这样找到彼此，创立了图书互助协会。

亚尼站起来，往庆祝的地方走：“凡妮今天不在。明天开始，她会对你有不一样的看法。”

汤玛斯在桌子的角落给我们留了位置。一个年纪较大的女士帮我端来一个盘子，上面装了各式各样的食物。我带来的巧克力蛋糕旁边，有一个黄色方块，闻起来像奶酪 。

“我已经有幸见过你了。”这位女士说，并在我旁边坐下。

她应该是那个图书经纪员，我第一次在图书互助协会的秘密地窖里，跟我说过话的那一位。

亚尼等我把盘子里的食物吃完之后，便把一个与我差不多年纪的年轻人叫到身边。他也是光头，但是我之前没有注意到。亚尼介绍我们互相认识，但是仍然一副说了等于没说的神秘姿态。

亚尼在他耳边低语，这个光头的回答很长，声音很轻。亚尼思索了一下，然后跟我解释。

“虽然你的公司现在正为了明天忙得天翻地覆，但是安全扫描卫队将你视为危险的威胁。他们相信，你会违背法律来找我们。”

“这些人就是会胡思乱想。”我说。

亚尼听完就微笑了，但是我是很认真的。

“他们明天会去你家抓你。”亚尼说。

“抓我？”我问。

“官方说法，你是图书互助协会的恐怖分子。去抓你的过程，肯定会在超网上现场直播。”亚尼转头去看那个光头。

“也就是说，你大约会在早上 11 点的时候被逮捕。”光头补充。

“被逮捕？”

光头点点头：“在《谁来住 A 区？》节目以及运动新闻报道之后，这些节目收视率很高，会引起很大的关注。并且要在 12 点之前。”

“12 点前？”我问。

这个光头讲述我被卫队抓走以及进监狱的这些事，好像这是再正常不过的事一样。

“明天你参加完佑幼的告别仪式之后，不要再回你父母那里。”亚尼也用同样平稳的语调说。

“这样啊，那请问我要回哪儿去？”我悻悻然地问。

亚尼又开始做决定，那应该是我自己要下的决定。

“你明天 12 点的时候，去阳光视景养老院。C 区，第二十基地。在那边，你趁一片混乱时到我们的大本营来。”

“我以为这里是你们的大本营。”

亚尼神秘地一笑。

“也许我还是想回我父母那里去，让安全扫描卫队把我抓走。”

“你不会想的。你根本无法想象，视镜刑罚有多么痛苦。从明天起，他们将你定罪为恐怖分子后，领区管理处就能在你身上为所欲为。”

这我不怀疑，至少不再怀疑了。

我们很晚才紧紧拥抱，互相告别。我想着早上的时候，佑幼的父母是如何紧抱着我，再也不想松手的样子。

亚尼在黑暗中，又丢出一个谜团给我。

“你喜欢动物吗？”他问，“如果不喜欢的话，最好在明天之前变得喜欢，明天 12 点前。”

告　别

火化后的佑幼，一个抽屉就装下了，而且这个抽屉比装智慧视镜的盒子更小。我和佑幼的父母一起在告别仪式大楼地下第十四层，等待这个小抽屉。在大门前我按下指纹，得到通行许可，还有大楼的楼层导览。

到达地下第十四层，我走过数千个标着姓名的小抽屉。在这地底迷宫里，我想起那次C区曲折小巷人力车惊魂记。此时，我耳边只有沉稳的导航声音。这个声音指引着我，穿过一条又一条的走廊。

“前方路口请左转，然后请停下来等一下。”

还有两个告别仪式正在我要经过的路上举行。我们不能错身，路太窄了。但是告别仪式很短，规定只能5分钟那么长，多1秒钟都不行。

“请继续前进，再走二十步就到达目的地。”

我数到15，我的步伐明显比较大。

“目的地到达！”导航说。

我们在等神职人员，没有人说起超网上的报道，也没有人说起有关佑幼这个恐怖分子的只言片语，我们都沉默不语。佑幼的父母一定和我一样，喉咙哽堵着。

佑幼根本不信鬼神，但是他的父母有信仰，信的不完全是犹太教、基督教、伊斯兰教、印度教、佛教或者什么其他的宗教，而是各种都信一点儿。地下第十四层可以依据他们这种混合信仰，订到合适的告别仪式。

9 点 14 分，告别仪式前 1 分钟，神职人员来到我们面前。她看起来四十多岁，比我还高两个头，脸上有一道疤横过右边的眼睛，当然也是光头。她身着黄色长袍，长袍上有手掌那么宽的紫色条纹，没有任何文字或标志。她对我们深深一鞠躬，将佑幼的抽屉打开，再将一尊小小的深红色塑像放到骨灰上。这尊塑像双臂大开，两颊红光焕发。

神职人员从神谕里，选了一段念给我们听。然后我们头顶上的天花板打开，一台动画机出现。

“吱”。

婴儿佑幼在妈妈怀里，黑暗的走廊里弥漫着婴儿油的香味。

镜头转换。

第一天上学，校园里都是兴奋地跑来跑去、大声尖叫的小孩儿。

抽屉前方都是爆米花和柳橙汁的香味。

镜头转换。

在公园殿堂里的年度假期（主题馆：阳光与沙滩）。

柔和的海风轻拂我们的脸，我的唇上有沙的感觉。

镜头转换。

大学毕业庆祝会，气泡酒瓶塞满天乱飞。

镜头转换。

我们两人成为图书经纪员。

镜头转换。

动画机沉寂下来。

我们必须静默 20 秒钟，哀悼佑幼。

还有 40 秒可以致辞，说我们还想对他说的话。佑幼的父母已有准备。

“视镜，讲词，佑幼。”父亲的声音颤抖。不知道为什么，视镜居然不听指令。

“视镜，讲词，佑幼。”

指令还没说完，佑幼的父亲已经泣不成声。

智慧视镜将讲词保留在肚子里，不肯出声。我叫出选单里的声音，辨认这一栏，佑幼父母的视镜还是第三代的古董，真是难以置信。我没有准备，但是我知道我还想对佑幼说什么。

我完全不相信这些，就是死后还会继续活下去什么的。死后就什么都没有了，也没有超网。

“我今天要做的，也是为了你。超网新闻说谎，我知道。我将要……”

“仪式结束。”神职人员打断我的话。她指指下一场告别仪式举行的地点，她要走过去的 B 走廊。

“请帮我拿一下。”她说，并将塑像放到我手上，塑像的脚沾了骨灰。她用双手将抽屉按回墙里，用银色的塑胶钥匙插进小小的墓牌中上锁。

神职人员对我们鞠躬，佑幼父亲用手指去按她的移动收款机，之后她立即迈步离开。我们 3 个人愣愣地瞪着佑幼的抽屉。我低下头，发现塑像还在我手里。我赶快去追赶神职人员。

“你忘了这尊塑像。”

她长长的手指握住我的手和我手上的塑像。

“请留着吧，你需要一个幸运符。”

我惊讶她会这么回答，但是她是对的。我想转身回去找佑幼的父母，但是神职人员仍然紧握着我的手和塑像。

“我不知道你打算做什么，但是我们可以一起祈祷。”

“呃，老实说，我不……就是我不太……真的不相信……”

我感觉到她的手抚摩我的头，我闭嘴。

她用来祈祷的语言，我从未听过。

“K33。”最后她在我耳边低语。

这是经文的号码吗？我不是很清楚。我虔诚地点头，想要离开，她还是拉着我。

“K33。”她很轻很轻地说。

在这么深的地底工作这么多年，很明显对她造成了不太好的影响。

我跑回佑幼的父母身边，佑幼的母亲牵着我的手，她想要离开这令人窒息的地方。电梯将我们带回地面，佑幼的父亲在出口处详细地询问一台动画机探访的时间。

他让一个穿白色长袍的胖胖的女人告诉他时间。在出口的玻璃门前，我停下脚步，因为我看到入口的门外站着三个穿橄榄色制服的男人，他们的胸口绣着四个字母：SAIV。

我手上的塑像掉落到地上，他们是防止破坏保护信息部门的人，安全扫描卫队！他们想要进来，但是不知道门出了什么问题，打不开。

“我们最好帮一下门外那几位先生。”佑幼的妈妈说，她捡起塑像，并递给我。

我把他们从门前拉开。

“我现在无法解释，太复杂了，晚一点儿再……”

制服中的一个人透过玻璃看到我，嚷叫了一些什么。我立即跑进电梯，电梯门关闭的速度，非常吻合告别仪式大楼的庄严肃静。他们三个人中的两个抬起脚，就着脚上的黑色皮靴一踢，玻璃破了。他们冲进门，紧追在我身后。离他们赶上来还差几米，电梯门终于关上了，“咻”的一声往地底十四层下降。

我想都没有想，就选了佑幼长眠的楼层。亚尼根本大错特错，什么安全扫描卫队会在告别仪式结束后，去我家抓我。这些人现在在这里做什么？怎么完全没有要直播的样子？

从告别仪式大楼里逮捕人的话，对超网的形象没有好处。话说回来，谁知道超网会捏造什么故事来报道！

电梯门开了。

A、B、C……墙上闪闪发亮的字母旁边，还有指示方向的箭头。在H区我在一张动画地图前停下来，希望看到可以带我到另一个出口的指示。

一段亮光刺眼的文字闪出，盖过动画地图。

> 亲爱的哀悼者，明天因为机器的原因，你的亲人、好友的告别仪式无法在网上直播。我们希望你能够谅解。其他时间都按照常规，网上直播完全免费。

这我从未听说过。从哪里听说呢？我是第一次参加葬礼。

我身后的喊叫声将我的注意力从这块板子上转移："武器准备，发射！"很明显，他们光是抓住我还不够，他们要杀了我。我没命地奔跑，后面跟上来的跑步声非常密集。他们紧追不舍，我几乎无法呼吸了。我这个白痴！我这个白痴！我这个白痴！我脑海里此刻只有这一个想法。我在佑幼的告别仪式上批评了我的公司，这些都在网络上同步直播了啊！而且根据超网上的新闻报道，佑幼是超级恐怖分子，网上看着我的人，没有一万也有几千了吧！

当然，安全扫描卫队会在这里出现！他们一定从早上就在跟踪我，而且有这个命令：“如果罗伯逃跑，马上攻击！不然，就等到收视率最高的时段。”

我的眼前闪着一个指往K楼层的箭头。K，去K楼层！我忽然想起神职人员在我耳边低语的K33。我急忙寻找有数字的门或者岔路。我在一扇门上发现数字33，旁边有一个闪着粉红的光的玻璃小箱子，箱子上写着“紧急出口。发生火灾时，请打破，用手指触发警铃。”

今天以前，我一定会想，无故触发警铃会被罚多少钱，但是现在什么都无所谓了。我像个疯子一样，用塑像不断击打玻璃。

“你想触发警铃？”一个温柔的声音问我。

“对！”

“烟雾侦测器警告你最好不要。你还是想触发警铃吗？”

“是！是！”

“你真的确定，你要触发警铃吗？无故触发，会被处以罚金！”

一篇40行的法律条文在警铃旁卷动。

“你接受吗？”声音问我。

我用力大叫道：“接受！”

“请镇静并且迅速地离开大楼。”在K楼层的所有玻璃箱子都发出警告的广播，我猜在告别仪式大楼所有的楼层都同步听到了。

广播重复播放，门终于滑开。我走进去后发现是楼梯间，几百级的楼梯陡峭地往上。十四个楼层在等待着我，不然呢？

在这十四层楼中的某一处，我停下来休息。我坐在地板上，完全听不见安全扫描卫队的动静。难道他们没有跟进楼梯间来？火警紧急出口很多吗？神职人员故意给他们指错路？和我比起来，他们一定比我更明白我简短的哀悼词有多么危险。

通往出口的门是开着的。我的眼睛被汗水沾湿得睁不开，出了门，亮光又几乎刺瞎我的眼睛。我气喘吁吁地坐在水泥地板上，伸出手自卫似地挡在眼睛前面。

“嘿，你！”一个中气十足的男声叫我。

我跳起来，赶忙要跑回黑暗的楼梯间里。这个男的立即追上我，将我又往出口拉。逃亡在真正开始之前，结束了。

“你受伤了吗？”这个男的问。

这不是一个安全扫描卫队会问的问题。到了外面，他放开我，我这才看清楚他穿着消防队员制服。

“你还好吗？”

我点头。

“请马上到大门去，那里是集结点。”

我估计自己已经消失在他的视线外，之后便马上转向跑往栅栏，攀爬过去，继续逃走。我有很充分的理由奔逃，因为那个消防队员头上戴着智慧视镜呢！

我拦下一辆不用指纹付钱的出租车，坐上副驾驶座之后，我才想起来，我身上一向不带现金，现在也不例外。

“这个现在听起来会很可疑……”我开始讲可能会有的麻烦。

出租车司机心情非常烦躁地转头瞪我。

“……这趟车程的钱我可以晚一点儿再寄给你吗？”

“财务审核没有通过，还是怎样？”

“更糟。”

出租车司机指着被我紧紧握着，但还是能从拳头指缝间探出头的塑像。

“这是佛像吗？”他问。

“我想是的。”

“我觉得很好啊！今天的人心里是空的，不再有信仰。我载你到下一个公交车站吧！”

“下下一个也可以吗？”

安全扫描卫队绝对会在附近所有的公共运输站搜查，我很害怕。出租车司机微微一笑，手指放在加速器感应上。他刹车的时候，已经是第四个公交车站了。

“这条公交车线路是离开 A 区中心开往 B 区的，只是会坐一个小时以上。”

我把佛像放在他的仪表板上，快步奔向电子公交车。赶着要开车的公交车司机挥手叫我快快通过，他戴着智慧视镜，却没有看我的扫描股份有限公司工作证，我很走运。爬上公交车第五层，找到一个位置坐下，我把头抵在前面的座椅背上休息。

我脑海中浮现的，是今天早上和母亲说“再见”的情景。

“我休假一个星期。”早餐的时候，我跟她这样解释。

她没有回答。

“佑幼死后，我得想点儿别的事情做，散散心。”我说。

她透过智慧视镜往我的方向看过来，我猜，应该是视而不见的那种。

“脑子想要关机一下。”

沉默。

我把棕榈树下超值度假中心的广告影片投射在替代面包的红色果酱夹心上。

“假期馆的休假！价格包含所有滋味锭菜色。智慧视镜免费。”一个声音说。

母亲用手扇走烤肉的香味，她是素食主义者。

“多至1500个超级好友观看权限包含在内！二十四小时智慧视镜直播，观看我们的工作人员。你的超级好友得到的是一次难得的机会，可以在幕后观赏你的梦幻假期！”

母亲对广告影片没有说什么，对我捏造出来的休假行程也没有说什么。

我把杯子重重地放在桌上，热水从里面溅出，浸软了替代面包，替代面包溶解，在桌子上留下褐色的痕迹。她的头往前倾，微微低垂，透过视镜往这边看。

“你的视镜呢？”她诧异地问。

她在我生日的时候送给我智慧视镜 43。

“昨天我把它冲到马桶里面去了，这还是在我把动画机从墙上的支架扯出来之后，把家用计算机感应器全都破坏之前。”

她瞪着我看了几秒钟。

“你最近话怎么这么多。”她说，然后就消失在她的工作室里。

我将餐桌擦拭干净。

母亲此刻也许正在给安全扫描卫队的人开门。她是否还记得，我早餐的时候对她说过的话？橄榄绿制服的那一批人随便捏造理由要搜查我的房间，她也一定不会反对。要搜查就搜查吧，反正除了电子破铜烂铁以外，我没有留下任何东西。

从黑云深处劈下一道闪电，我的头重重地撞上前面的椅背。一声响雷在我周遭制造了剧烈的震动，外面下起滂沱大雨。我前面和后面的乘客早已纷纷下车，近 15 分钟以来，我独自一人坐在这一层里。

“终点站，B 区，第一基地，磁道列车转运站。”

我全身湿透地走在磁道列车的走道里。“11 点”的字样闪烁在车窗上，我所预期的安全扫描卫队当然也出现在车窗荧幕里。我脱下湿淋淋的外衣，把它裹在头上，这样就没有人能用智慧视镜看清楚我的脸。从 B 区去往 C 区的路上，奇怪的疯子不只我一个，盖头盖脸的我，一点儿也不显眼。

在走廊的尽头，我看到一个女查票员，这是下一个要解决的问题。通常我会掏出扫描股份有限公司的证件，让她用智慧视镜看一下。问题是，证件上的资料会被用来和智慧视镜最新记录比对，如此一来，我的行踪就曝光了。我只好赶紧躲进厕所。

“C 区，第十六基地。”温柔的声音说。

亚尼和我约在第二十基地的一个养老院里，碰面时间是 30 分钟之内。我没有时间下车，再等一班没有查票员的列车。我得冒这个险。我躲在厕所里等她过去，但是女查票员来敲门了。

“这里是磁道列车，不是磁道饭店。”她喊道。

我将门打开一条缝，把我的扫描股份有限公司证件，朝她的方向多伸出去几厘米。

“很抱歉，但是磁道列车让我很吃不消。”我大声地说，这也是事实。女查票员笑了，她没有再去注意门缝里我的塑胶卡片，就跨步离开了。

差一刻 12 点，我坐在阳光视景养老院对面一栋灰扑扑建筑中的空荡酒吧里。来这里的路上，我在地上捡到一张 5 元钞票，想赶快用它买点儿东西吃。

吧台后面的老人没有戴智慧视镜，所以我对选择了这间了无生气的店很是满意，虽然黑色的墙上布满比黑色更黑的污点。

老旧的数字时钟下，挂着一面超级巨大的镜子。我面对它坐下，把裹在头上的湿上衣解下，点了咖啡以及假西红柿做的汤。

我本来就很紧张了，但是雷阵雨让我更加紧张。每打一次雷，我都全身一紧。

“根据气象报告，今天一整天都会维持这种天气。”老人说。

11点50分，他把热水放在我面前，咖啡滋味锭躺在小塑胶茶匙上。还剩9分钟，我把咖啡滋味锭溶进热水里，双手捧起杯子。

酒保无声地消失在镜子后面的一个房间。1分钟后，他端着汤重新出现。差4分钟12点时，汤被我吃完了。我把5元放在桌上，想要站起来。就在这个时候，我身后的动画机突然开机。

我转过身，不敢相信我的眼睛。我的全身影像被投射在整个空间，是那个消防员的智慧视镜录下的影像。影像里的背景是告别仪式大楼的紧急出口。

一个尖锐的声音从安装在架子上的喇叭里挤出来，回响在玻璃杯和瓶子之间：“注意！这个人是恐怖组织图书互助协会的一分子。领区管理处与超网巨擘集团合作行动，正到处搜寻这个人。他是两天之前在第五基地发起恐怖攻击的恐怖组织首领。他身上带着武器，而且极度暴力。”

我对自己一动也不动，站在吧台椅和黑色墙壁之间的分身感到惊异，超网巨擘将我剪辑成新闻快报，若不是如此的话，动画机不会自己开机。

我必须逃走，现在，马上。我穿过自己的影像，往出口移动。

“不许动！”吧台后的老人大声喊道。

我转身，他正好站在数字钟下面。再过2分30秒就12点了。他手拿一把闪着绿光的电子枪对准我，看这个架势，他应该经常接待不受欢迎的客人。

“听着……我可以……我可以解释这一切。”我想把扫描股份有限公司的证件从裤子口袋里拿出来。

“不许动！”这个老人再次警告我。

他一只手拿着武器，另外一只手则伸到吧台底下，并把他的智慧视镜拿出来。

“视镜，联络警察。”

他报告警察我在这里，我无法听见警察说什么，只能听见酒保所说的话：“没有问题，我有一支 Alpha5000。”

这个老人的眼睛透过视镜直勾勾地盯住我。动画机在室内转换了别的影像，我在告别仪式大楼紧急出口前的录像消失，取而代之的是，我在一个有黑色墙面的酒吧里站着。老人笑得很开心。他在同步直播，而且很明显的，感到非常骄傲。能不骄傲吗？抓到我，他的功劳可不小。

一个女主持人报出他所在的酒吧地址：“请尽量不要靠近这个地区。”她这么要求 C 区的观众，“警察一旦抵达现场，一定会发生非常激烈的枪战。”

我问自己，我用什么东西跟警察枪战啊？随即就听见警车的警铃声。

“请你让我走，”我哀求那个男人，“这些都是谎言！”

我听见自己的声音不同步地从酒吧里的喇叭中传出。我想着父母，想着他们此刻一定在动画机前面守着新闻特报。我必须告诉他们什么，比如我最后的信息。

离 12 点只剩 30 秒了，我朝酒保的智慧视镜大吼 道：“超网巨擘说谎！摘下你该死的视镜！看着我！我身上哪有什么武器……”

超网将我的声音加上屏障，我听见的，又是主持人发出震耳欲聋的威胁警告。

蓝光充满室内空间，整个警察部队一定已经进来了。为什么这一切发生得这么快？警察不是从来不来 C 区吗？难道他们早就跟在我身后？像安全扫描卫队一样？

我的心脏跳得飞快。

前面等着我的，是什么？一切都结束了吗？

2010 年出生，2035 年死亡，在 7 月。

我再一次望着酒保，望着他头上的数字时钟。

而时钟显示的时间改变了一切。

真的，一切。

时钟上的时间

Die Scanner

消失吧！书本

老酒保头上有个数字时钟，上面的数字消失了一下又重新出现，12 点整！天花板上的霓虹灯管突然爆裂，几千万个小碎片充满整个空间。动画机的投影只显示了两秒钟就消失了。玻璃窗后的蓝色闪光也跟着熄灭。

老酒保大声咒骂，他手里的 Alpha5000 还在指着我。外面传来车子连环相撞的声音，我们两人都试着透过玻璃去看看外面到底发生了什么事。

佑幼所说的一句话在我脑中浮现：“像这样的炸弹会毁坏一切电子设备。”第一次炸弹爆炸之后，他不就是这么说的吗？

指着我的电子手枪的灯不亮了，我拔腿就跑。

老酒保在我后面大喊大叫：“我会抓住你的！他们也会抓住你的！”

他把武器一掷，枪越过吧台朝我的方向飞来，然后撞上黑色的墙面。

我希望能在厕所附近找到后门，结果没有，我只好爬窗而出，跳进一条巷子。我冲进大雨里，朝我认为是阳光视景养老院的方向飞奔。一个男人倒在他的电子双轮车旁边，痛苦地呻吟。5个穿黑皮靴的年轻男人朝着我的方向迅速靠近，我估计附近有安全扫描卫队，于是放慢了速度，寻找别的出路。

那5个人在我面前几米远的一个橱窗前面停下，面目狰狞地看着我。

“快点儿，现在！”他们之中的一个人喊道。

其他的人踢破橱窗玻璃，从里面搬出装着滋味锭的箱子。没有电源，就没有警铃。没有警铃，就没有秩序，很简单。

我在湿玻璃碎片上滑了一跤，摔倒在碎片上，刚站起来，又滑倒。街上所有的车子都撞成一团，一台巴士横倒在地上，警察正忙着从巴士的紧急逃生口把一个老先生拉出来。真是万幸，他们没有时间管我了。我真的很自私，就在我正为此感到羞愧的时候，我看见一个老太太在马路的正中间，坐在她的轮椅旁边，好像什么事都没有发生一样，在大雨之中，在混乱的中心，梳着她灰色的长发。

我听见震耳欲聋的声响，立刻抬起头去看乌黑的云层。像这样刺耳的声音，我这辈子还没有听到过。突然，我认出云层里一架巨大的太阳能航舰的轮廓。飞机场在B区，这架机器根本不应该出现在这里。

“那边！那边！”一个突然出现在我身边的小女孩儿说。在这个到处是老年人的基地里，这个小女孩儿的出现显得很突兀。

“噢！”小女孩儿说，手指着街上的老太太，并紧靠着我。

我朝老太太看过去，小女孩儿来拉我的手，却又吓得马上缩回去。我在流血，奇怪，摔在玻璃碎片上的时候，我完全没感觉到受伤。现在还是没有感觉。一个男人抱起小女孩儿，带着她离开，小女孩儿还一直跟我挥手再见。

航舰靠近，它准备在完全阻塞了的街上做紧急降落。我朝那位老太太看了看，她手拿镜子正在照自己的脸。

我迈开步伐跑过去，在她面前跪下来，听到她不断喃喃自语道：“它不动了。”我拉起她坐上轮椅，推着她离开马路。在我们头上几米处，太阳能航舰呼啸着飞过去。它正在降落，在降落的同时，压毁了一长串电子公交车、电子汽车以及电子双轮车。除了闪光、烟雾和火焰，我什么都看不见。

老太太对这些都无动于衷，用手一直拍打轮椅下的引擎。

“它不动了！”

她继续梳着头发，并且用责备的眼光看着我，好像是我把她的轮椅弄坏似的。

“现在这个时候什么都不会动了。”我说。

“它不动了。”

“你住在哪里？我带你回去。”

“它不动了。”

“哪里可以修理？”

老太太把手伸进她的包包，抓出一张塑胶卡片递给我：“居民证3353，阳光视景养老院。”

我终于又感觉到一线希望。“我们要怎么去？”我问。

“它不动了。”老太太说完，往后一靠，干脆闭上眼睛。

我们周围的情势越来越严峻。

“下一个医药站在哪里？”

“发生什么事了？”

“A 区也受到攻击了吗？”

“阳光视景养老院怎么走？”我问一个正朝燃烧中的太阳能航舰跑去的男人。

这些人当中没有一个人认出我是谁，我只是邻家友善的老人看护。但是没有人能帮忙，我必须靠自己的力量。

我估量着我跑出来的那一条巷子的方位，思索着酒吧应该在哪里，所以养老院相对的位置应该在哪里。我推着轮椅，以“之”字形在混乱中穿梭。

我在第一个十字路口左转，看见酒吧的店门。酒吧的前面停着毁坏的警车，旁边一个警察都没有。我穿过马路，停在一个镀了颜色的玻璃大门前。

我还在考虑要怎么进去时，门的另一边，有一个人将厚重的玻璃门慢慢地推开了。这个人没比我大几岁，他穿着黑色雨衣，雨衣上面有黄色字体写着“阳光视景，熟龄的奢侈”。

他站到坐在轮椅里的老女人面前说道：“3353，你跑到哪里去了？恐怖分子正在攻击，你这个老 3353 又满世界乱跑去了！”一个看护把一包娜朵儿放在她的手提袋上，她把药丸丢到地上磨碎，又拿出梳子和镜子。看护呵斥她，我假装好像有权力说什么的样子。

“我相信，她很好，她……”

“主治医生的医嘱。”看护打断我的话，“每个住户，每两个小时，给两颗娜朵儿。大家都平平安安，直到外面的骚动平静为止。”

我不再说什么。

穿黑色雨衣的看门人指着我：“你不会刚好是罗伯吧？”

我无语地瞪着他，脑里想的是酒吧里的新闻特报。

“预约 12 点探访你的祖父？”

“我的祖父？”我讶异地问，然后马上想起亚尼的一堆密室。

“喔……是……是的，呃，他在哪里？”

穿着雨衣的人抬了一下眉毛，摇摇头，手指着一扇门。那扇门上面写着“阳光视景庭园休闲设施”。走到那扇门前，我转身去看那个老太太，想要挥手跟她道别。

在这期间，她已经被三个看护包围，两个人抓着她让她不能乱动，第三个人正在解开她的袖子。我不想目睹她被注射娜朵儿的样子，转身愤怒地用双手将门推开。

雨又下大了，雨点儿密集地打在庭园里的网球场上和游泳池里，也打在一棵高大的塑胶树叶子上，树下有一个灰色长发的男人正在等待着。

“亚尼！”我喊道，立刻朝着他奔跑过去。但是他不是亚尼，我在离他几米远的距离时才看出来。这个男人从他的裤子口袋里拉出一只绑着塑胶链子的表，像我和佑幼当图书经纪员出任务的时候所做的一样。他将时间投影在我们之间地上的小水洼表面。

“12 点过一刻，罗伯先生！”他说。

“实际上是桑塔格先生，罗伯特，叫得简短一点儿就是罗伯，这才是我的名字。你可以直接叫我罗伯……”

“你不是很准时，桑塔格先生。”他打断我，“迟到 15 分钟！”

难以置信，在这样的混乱中，他还要跟我计较这 15 分钟。我勉强将愤怒吞下肚。

“你受伤了吗？”他一边沿着我的手臂触摸，一边问。当他触摸到我的拳头的时候，我大叫起来。他拉住我的手，把我带到游泳池边，弯下腰，我跟着他跪在地上。他把我的手拉进水里，我因为疼痛而大声咒骂。

几秒钟之后，手洗干净了，一片有智慧视镜的镜脚一半长的玻璃，插在我的手心里。我觉得恶心想吐，眼前又出现破碎的玻璃橱窗和装满滋味锭的箱子。在我说出什么之前，灰发人就抓紧我的手，迅速将玻璃从我手中拔出。

“一定要现在吗？”我大叫。

“这样你才不会伤到古腾博。”

“古腾博？谁是要命的古腾博啊？”

灰发人将我带到花园里一栋小房子前面，小心翼翼地打开宽敞的大门。进屋后，我们在一匹白色的马前面停下，我这辈子还没有见过真正的马。

“你不是认真的吧？”我问这个男人。

“你是喜爱动物的人吧？”

“昨天亚尼 · 贝格曼已经问过我这个问题。”

“你会骑马吗？”

“这是一个玩笑吗？”

这不是一个玩笑，古腾博背上的马鞍已经装好。

“约翰纳斯 · 古腾博（Johannes Gutenberg）在15世纪的时候，对书本印刷做了革命性的改善。”这个老人聒噪地说着。

我站在马前面不知所措。

“贝格曼先生觉得给这匹马取这个名字很有趣。”

“连马背要怎么上去我都不知道。”我说。

“前面那里有老人辅助器。”他指着马身后一个装有轮子的三阶台子。

我紧紧地抓住马鞍，以及在古腾博身上所有我可以抓紧的地方。

“去哪里？”我问。

灰发先生拍拍古腾博的后臀，这匹马立即像磁道列车一样射了出去。“古腾博知道要去哪里。”我听到老人的声音从身后很远的地方传来。

这匹马越过一个庭园再奔进另一个庭园，奔驰过了许多庭园后，某人叫道：“停！”。

就算我想停下来，我也不知道该怎么办。

我闭上眼睛，唯一的愿望是不要从马背上摔下来。主干道上传来许多声音，但我只听得懂零落的语句。

“……下……”

“……帮忙……”

“……警察，那边……”

“……我的……脚……”

“……受伤……”

“……火……”

“……事故……”

“……奶奶，一匹马……”

我始终不敢睁开眼睛看，只是把脸深深地埋进柔软的马鬃里。

“继续跑，古腾博，带我出去。”我轻声地说。

我这一辈子第一次跟一匹马说话，噢，不，是第一次跟一只动物说话。卫生法令！卫生法令规定，饲养所有动物的行为都是违法的。我的祖父母以前有一只㹴犬。卫生法令颁布六个月之后，我们必须让它安乐死。所有的宠物猫、宠物狗以及宠物天竺鼠，都要安乐死。从那以后，我只能在动画机投影的生物课上见到动物。

这匹马有这种特殊待遇，阳光视景养老院的老住户们一定付了一大笔钱。我的外祖父母在一个没有游泳池、没有网球场的养老机构里过世，机构里也没有马。

那个养老机构其实称不上是机构，比较像是一个集中营。我的父母还有房贷要缴，没有钱帮助他们。对我来说，在那个时候，这是很充分的理由，而外祖父母只好住在一个有 100 个床位的管理老人部门里。

我从来没有去探访过他们，只是每个星期固定一次智慧视镜视频。他们两个戴着智慧视镜坐在交谊室里的塑胶椅子上，身后可以看见白雪覆盖的山头，绿色的山景在夕阳余晖中闪烁。为避免我们瞪视原本的灰色墙面，他们自己可以随时更换背景。灰色的墙面只有一次断断续续地出现，因为技术故障，不然的话，从来不会有。

我们之间的谈话不会超过 5 分钟，父母只问他们好不好以及吃些什么，但其实外祖父母每天吃的，除了娜朵儿没有别的。他们搬进去三个月之后，我们从智慧视镜收到管理老人部门的通知。

一个深沉的男声对我们说，我的外祖父母，已在当夜过世。我记不起来，父母是否掉了眼泪。但是我知道，他们是在视频上观看葬礼的经过的。

我的祖父母的视频葬礼又比母亲的双亲早很多年。祖父母要离家搬去养老院的当天，就因为心脏衰竭过世了。两个人是一起离世的，而两个人同时死于相同缘由的概率有多高？根本没有人会问这种问题。

在古腾博的背上，我一直在想这些事情。轮椅上那位老太太，以及围着她的三个看护的样子还在我的眼前。吃娜朵儿可以充饥，吃娜朵儿可以解忧。想当然，娜朵儿可以拯救世界的危机。

我突然特别想念我的祖父母。

古腾博的速度慢了下来，改成小跑。我睁开被灰尘、雨点儿和眼泪糊住的眼睛，心里计算了一下路程，应该是到了 C 区边缘，一个深奥莫测的地区。根据动画机的信息，出了 C 区就只有危险的野生生物了。

这些动画机投影的信息，是我在用石头与金属建构出的安全的公园殿堂里觉得舒服快乐的原因。公园殿堂里没有狂风巨浪，没有暴雨洪水，微风轻柔，也没有龙卷风。只要指令一下（动画机停止），再强的风暴都能马上平息。

在原始丛林中，我可以随时让智慧视镜指路引导我出去，很简单。我今天在古腾博的背上怀抱着这样的期待，可是古腾博却让我失望了。

我眼前展开的，是一片残破的，黑色的帐篷营地。我马上认出这是“希望营地 48”，出租车司机那时跟我解释过。古腾博朝着营地里的帐篷走去，穿过第一批大大小小的帐篷。我看见成群的人，老人与小孩都有，他们围着一堆用垃圾生起的火，坐在一个帐篷里，帐篷的屋顶是破的。

几个小女孩儿和小男孩儿从帐篷里爬出来，赤着脚跟着马走在泥地里，直到古腾博走到一顶涂油防水布帐篷前面，用鼻子把帐篷顶掀开，咬起满满一嘴干草。然而这干草不是用塑胶纤维做的干草——我第一眼看到的时候所想的，而是真正的干草。

我从马鞍上滑下来，左脚卡在马镫里挂着。摔进泥淖里，全身疼痛。疼痛的原因不是因为从马背上摔下来，而是骑了这么久的马。小孩儿们围着我，大声哄笑。

我很想就这样躺在烂泥里，但是古腾博既然把我带到这里，我就必须找出原因来。所以我必须站起来。

我翻身跪起来，刚好和孩子们一样高。我想去攀住古腾博，但是这匹马竟然走掉了。我一扑空，差点儿又跌回烂泥里。我用裤子擦了擦手，想着接下来该怎么办。

“亚尼 · 贝格曼在吗？”我问一个男孩儿，他看起来像是能够回答这样的问题。但是他不能。

“是我的一个朋友。”我补充。

一个脸上污黑的小女孩儿举起手来，指向一道梯子。梯子沿着极深的悬崖一直往下，通向一条运河。

“我应该下去吗？”我问，却没有得到答案。

抵达悬崖底下，我看着运河。运河上浮着许多绿色的塑料袋以及各种颜色的塑胶瓶。一条窄路的尽头是一艘老旧的船，船身不到三米长，漆的颜色是黑的。当我看到船时，不禁苦笑。

我上船坐了下来，从岸边一个铁环上解开绳结，我把绳索收到船上，便顺流而下了。

任　务

Die Scanner
消失吧！书本

我在黑水上的旧船里漂流了几个小时，大量的雨水把这条狭窄的运河变成湍急的水道。我必须不断地把缠绕在舵上的塑料袋或者垃圾残余解开，也要不断地闪避由废铁和合成材料所形成的岛。

很明显，我是唯一一个敢在这条运河上航行的人。我可以听到喊叫、看到烟雾、闻到焦味，但是我什么都辨认不出。悬崖边缘的墙一直延伸到很远很远的地方。我手上的伤随着脉搏跳动而抽痛，同时仍然在流血。我需要包扎伤口，需要消炎。但是在垃圾河上，这些根本想都不用想。而运河不断往前流，不久，浓雾就将我的视线完全挡住。我必须专心，不能让船撞上大型废弃物或者垃圾残余的尖角。不知道是从什么时候开始的，但是船上已经有一个漏洞了。船上没有任何工具可以补漏，我只好不顾脏水，一屁股坐在漏洞上。

暮色越来越暗，我很担心，不知有没有错过或者遗漏亚尼和他的图书互助协会的信号。

一道灰色的墙面在我眼前展开，水泥墙十米之上的部分都消失在雾里。我的船驶向一个黑色的洞，一大堆相机、传真，还有天线都安装在洞的上方，在这些东西上面，我看到比我的身体还要大的红字，写着“注意，城市边界，有生命危险”。

我想把船驶向旁边，但是计划归计划，事实是前往洞里的水流太强，我的船舵断了。我大声呼救，但是连监督仪器都不理我。

在经过炸弹攻击之后，什么都坏了，这是我还能思考的时候，最后一个想法。

一个非常激烈的漩涡把我的船卷进全然的黑暗里，我平躺着，然后把上衣盖在我的脸上，洞里的臭味强烈到好像把我这一路上所见的和所越过的垃圾全都集中到这里来了。船还在随水漂流着，一直打转，挣扎着要找到它自己的路。不知道什么时候，我终于疲倦地睡着了。

探照灯惊醒了我，我在哪里？在强烈的灯光下，我勉强可以看到在我面前穿着制服、带着武器的男人和女人的轮廓。我的船非常精准地正好停在他们黑色的皮靴前面。两个魁梧的大汉把我从船上拉起来，并把我丢在坚硬的金属地板上。我的手好痛，全身僵硬，我连一厘米都没办法移动。

我马上认出这些人身上的制服是橄榄绿色的，他们来自安全扫描卫队！甚至在告别仪式大楼里追捕我的那 3 个，也都在这些人里面！他们最终还是抓到我了。

“欢迎来到超网巨擘。”这个声音让我全身颤抖，是诺莫斯。但这是不可能的，难道他捏造了自己的死讯？我想要起身，但是做不到，安全扫描卫队里一只穿黑色皮靴的脚，稳稳地踩在我的背上。

你还活着？我想问诺莫斯，但是我发出不声音。我的嘴巴在动，但是完全听不到我的声音。

“给我们的领区逃犯来点儿娜朵儿。”诺莫斯喊道。

一个像巨人一样的男人拖着我在地板上走，然后把我拉起来塞进一张椅子里，接着用绳子把我捆得紧紧的。

我的周围站满了人，我还看见我的父母，他们正透过智慧视镜冷漠地看着我。

“给医生留一点儿空间。”诺莫斯说。

我无法相信我的眼睛，这个穿着白衣，从外衣口袋里拿出娜朵儿注射器的男人，竟然是佑幼。他对我笑，并解开我左手臂的衣袖。

“你的旅途还愉快吗，我的朋友？”

但是这不是佑幼的声音，这是亚尼的声音。

我醒了过来，看见亚尼站在我面前。他弯着腰，长长的灰色头发拂在我的脸上。

“你的旅途还愉快吗，我的朋友？”他再问一次。

要怎么回答这个问题，我犹豫了很久。所谓的旅途，是我抵抗安全扫描卫队追捕的逃亡，那是逃命。安全扫描卫队没有按照预期到达，一个酒保打算用 Alpha5000 射杀我。我骑着一匹叫作古腾博的马，飞驰过整个 C 区。最后，我还几乎在垃圾运河里溺毙。

“不管如何，也算是多姿多彩。”我回答亚尼。我躺在床上，穿着不属于我的干净的衣服。这个房间像是一个洞穴，四面是白色的墙。我的手心处受的伤已经包扎好了，我伸展了一下手指头，都能动，还好。

“我们之中有一些人在运河边等着你，他们把你和我们的船从水里打捞出来。”

“就好像鱼钩上的虫饵一样。”我轻轻地说。

亚尼微笑。

“我在哪里？”我问。

“在总部。你在这里呼呼大睡了一个晚上，而外面的世界，不管是智慧视镜，还是滋味锭都不管用了，对世界上其他的人来说，这是世界末日。”

有关这些混乱，我还想再多听一点儿。我想知道已经牺牲了多少人，有多少技术被损害，我现在到底是在什么地方。但是亚尼还是一如既往，我想要知道的事他从来不告诉我。我其实也挺想念他的自言自语。

“超网巨擘现在正因为到处维修而大赚特赚。每个人都想要在他们的智慧视镜上装一个预防电子炸弹的安全零件。而这个零件在超网巨擘的仓库里刚好有大量的存货。”

亚尼看着我，而我完全不明白他在说什么。

“在一个小时之前，超网巨擘集团宣称，他们所有的数据储存器完全损坏了。当然，所有扫描储存起来的书本永远找不回来了。超网百科被删除，所有的资料都不见了。”

“那在别的城市呢？”

亚尼用两只手比了一个爆炸的姿势。

“全都删了？”我问。

“所有的知识给所有的人！不论何时！完全免费！”亚尼说。

我把所有的事情总结在一起，但是想不出什么结果。亚尼一定是察觉到了我的困惑。

“在超网上没有旧报纸、杂志跟书籍，没有超网百科，超网巨擘集团就拥有绝对的信息权力。”

“超网巨擘集团终于完全控制我们可以知道什么，不可以知道什么了。”我说。

“恭喜你，罗伯，你终于开窍了。”

“只是多用了脑袋，少用了智慧视镜。”我们两个人一起大笑。

“秘密图书馆现在怎么样了？”我问。

亚尼操弄着一个极端老旧、黑色的机器。这个机器颤抖着，“嘎嘎”作响，又冒蒸气又冒烟。他递给我一个里面有咖啡滋味锭的杯子。

“我们必须建立一个新的图书馆。我们不可能在没有人察觉的情况下，把所有的书从垃圾运河上搬运出来。”

我们走在一条有许多分岔和门的廊道上。一个门上写着：“注意！大自然！禁止攀爬！仅供紧急逃生使用”。

“如果你需要呼吸一点儿新鲜空气，门后面这个楼梯出去就是森林。”

“真正的森林？”

亚尼解释再解释，我已经无法专心听他说话。我们在位于森林下面的地道里做什么？10分钟之后，我们站在一个隧道里，这个隧道大到足够磁道列车通行。

“前几次大战的时候，这里还有火车通行。大家都逃走以后，大自然把它的领地收回不少。只是在这下面，什么都不肯生长。”

“图书互助协会在这个废弃的地方做什么？”我问。

亚尼一言不发地把长发扎成一条辫子。以秘密自重的家伙，我心里第一次这样想，但是我想错了。

“跟我来！”他说。

我们站在一个堆满机器的空间里。这里让我想起上学的时候，我跟班上的同学一起参观的科技博物馆。我们是在博物馆倒闭前不久去的，而博物馆倒闭的原因，是因为在超网上参观方便得多。我和佑幼当时在博物馆里，就是爬上这种机器，在里面躲起来。

博物馆里的机器毫无生气，这下面的机器却重重地在喘气，有好多人在操作这些机器。

“这里是我们的矿山。”亚尼说。

这我也是只在童年的时候听说过的。我问：“你们要开采什么？”

亚尼思考了一下：“知识。我们要从这座矿山里把知识开采出来。”

我不再追问，而是看着两个手托着纸卷的年轻女人的背影。

“这是我们的印刷厂。”亚尼解释。

“你们怎么从城里经由垃圾运河把机器运来的？”

“它从来不在城里。”

“那它在哪里？”

“在别的地方。”

“了解。”我说，其实我什么也不了解。但是我现在在回应亚尼上有许多进步。

“你们在印什么书？”我问。

“我们在印你和你的同事前些年扫描掉的书。”

“你们有档案？”

“我们什么都印。”

“然后呢？”

“然后我们把书拿到城里去分发。”

我渐渐理解了。就是因为这样，他们需要像我这样的人。他们需要对城市了如指掌的年轻使者，知道读者会出现在哪里的人。

“我带着书要怎么到城里去？不会又要通过垃圾运河吧？”

亚尼摇头。

“城里到处都在通缉你，你是超级恐怖分子，忘记了吗？”

“那我在这里做什么？”

亚尼停下一条流水线，指着一本书。我把它拿起来，这本书厚厚的、亮晶晶的封面包装纸让我惊异不已。

“这是护……”亚尼想要把书从我手中拿走。

太迟了。我已经把包装纸撕开了。

“……封，其实是要留着的。在战争之前，很多书看起来就是这个样子。”

“像这样的书，我从没扫描过。”我回答，然后去看那些没有封套的书。

书的开端有一支羽毛，羽毛上印着 B 和 G 两个字母。

“有这种奇怪的封面的书，我从来没有见过。”我说。

亚尼摇头。他把书从我手上拿走，把书打开，指着第一页。我又看见那支羽毛，以及那两个大写字母 B 和 G。

“你的书也会盖上图书互助协会的徽章。”亚尼说。

我不知道要说什么，感觉像几天前当我和佑幼在磁道列车上被他的对答如流惊吓到一样。

“我的书？”我问。

亚尼把我带去了一个小房间，我被允许坐在一个单人沙发上。我感觉这张沙发像是第一次秘密会面时，在那个伸手不见五指的地下室里，我深陷进去的那一张。今天这个房间，天花板上却有玻璃让一线阳光照射进来，虽然如此，天空还只能是我的想象。我们的周围到处都堆着从印刷厂里新鲜出炉的书本。

“我们需要你，有各种原因。”亚尼说。

我没有说话，只是更深地陷进沙发里。

“你记得我们在磁道列车上的第一次相遇吗？”

我谨慎地点头。

“你的朋友佑幼，马上起身将一切向诺莫斯报告，而你却充满好奇，反而陪我一起留在车厢里。”

喔，原来只是因为如此，我失望地想。但是，亚尼继续叙述。

“你没有女朋友，而且没有羁绊。”

我脑中马上浮现凡妮。

“你是一个安静且爱思考的人。”

我给他的反应是一个怀疑的眼光。

“这是赞美。”亚尼补充。

“你在我们这里找到了你在家里无法拥有的东西。”

我想着和我没有话说的，对我不感兴趣的父母。

“除此之外，你还放弃了很多钱，而且没有背弃你的教授婆婆。她一直想招募你加入我们。”

这就是一切了吗？但是这些都还不能产生什么意义。

“再说，你是一个图书经纪员。”

亚尼察觉到我对这个解释并不信服。

“你扫描书籍，也就是说毁灭书籍。你对读者解释，为什么他们不需要印出来的书，虽然对于电子书，读者在网页上搜索就有立体电影版。你参加过扫描股份有限公司的培训，而且你是超网巨擘的工作人员。”我开始有一点儿线索了。

“如果能够有像你这样的人站在我们这一边，将你所经历的一切写下来，那么很多事情都会被检视思考。你是他们之中的一员，扫描股份有限公司里的人。”

我是否真的理解亚尼？我，罗伯，一个图书经纪员，写下我的经历？我第一个反应是说“不”，对这一切说“不”，现在，马上。我不是作者，非常简单！但是我想到凡妮在磁道列车上说的一句话——你只是需要一点儿时间，就会做你该做的事。

“凡妮在哪里？”我终于问出口了。

“我们必须小心行事。她在另一个城市做信使的工作，她和儿子搬家了，他们过得很好。她会读你写的书，把你的书分发出去。这样就够了。”

我难掩我的失望之情。

亚尼见状，补充说：“只是暂时先这样。”

我问到汤玛斯，那个作家。

亚尼伸手抚摩我的光头，我已经有几天没有剃头了，他一定能够感觉到许多刺人的短髭，至少我是这么希望的。

“他会在写作上帮助你的。”亚尼说。他把一架沉重的灰色机器放进我的怀里。

“这是你们从哪一家倒闭的博物馆里偷出来的？”我问。

亚尼将屏幕打开，告诉我键盘在哪里。

“我的书名应该叫什么？”我问。

“扫描员。”亚尼说，然后消失在一条黑暗的隧道里。

我想起了在学校课堂上所学到的技术，时间虽然已经过去很久了，但是我仍然记得这个塑胶做的老旧东西。我抬起双手放在键盘上，为我的书所打的第一个字是一个简单的点击声。

感　谢

感谢 A、B、C 区的所有图书互助协会工作人员。还有在别的城市或者城市边界之外的工作人员！尤其是——恩那、亚历山大、安雅、雅茹、（贝）琳达、伊娃、关德琳、卡蒂亚、卡特琳，在 M 城的克尔斯汀斯，以及在 F 城的克尔斯汀、马帝雅思、米歇尔、欧里、西碧拉、史蒂芬、堤尔曼、汤玛斯，当然还有教授婆婆和最最要感谢的凡妮（在很多城市里她也叫碧缇），最后感谢我们的组织。